Pierre Bergé

Les jours
s'en vont
je demeure

Gallimard

Pierre Bergé est né le 14 novembre 1930 à l'île d'Oléron.

Très jeune, il s'intéresse à la littérature ; il est profondément marqué par sa rencontre avec Jean Giono et Jean Cocteau. Il restera leur ami jusqu'à leur mort et continuera ensuite à s'occuper de leur œuvre. Il sera notamment le titulaire du droit moral sur l'œuvre de Jean Cocteau.

En 1958, il rencontre Yves Saint Laurent et fonde avec lui une maison de couture en 1961 qu'il dirigera jusqu'en 1999. Il demeurera le président de la Fondation Pierre Bergé-Yves Saint Laurent.

Il a dirigé le théâtre de l'Athénée-Louis Jouvet où il a produit notamment *Equus* de Peter Schaffer avec François Périer, quatre pièces de Molière (mise en scène d'Antoine Vitez), *Navire Night* de Marguerite Duras (mise en scène de Claude Régy).

Il a fondé les *Lundis musicaux de l'Athénée* (1977) où se sont succédé des artistes de renommée internationale.

Il a produit des concerts de Philip Glass, de John Cage et également, au Pigall's, le spectacle d'Ingrid Caven.

Il a soutenu le travail de Robert Wilson à travers le monde, comme celui de Peter Brook.

Il a été nommé Ambassadeur de bonne volonté de l'Unesco le 2 juillet 1993.

François Mitterrand et le conseil des ministres du 31 août 1988 nomment Pierre Bergé président de l'Opéra de Paris. Il le demeure jusqu'en 1994 et devient alors président d'honneur de l'Opéra national de Paris.

Pierre Bergé est mort le 8 septembre 2017 à Saint-Rémy-de-Provence.

À Yves Saint Laurent

Plus ne suis ce que j'ai été,
Et plus ne saurais jamais l'être.
Mon beau printemps et mon été
Ont fait le saut par la fenêtre.

Amour, tu as été mon maître,
Je t'ai servi sur tous les dieux.
Ah si je pouvais deux fois naître,
Comme je te servirais mieux !

CLÉMENT MAROT

AVANT-PROPOS

On connaît l'aphorisme de Jean Cocteau : qu'on peigne un paysage ou une nature morte, on fait toujours son propre portrait. Ai-je tracé le mien ? Ce n'est pas impossible. J'ai surtout voulu cerner celui d'hommes et de femmes qui ont traversé ma vie. C'est mon itinéraire. Je n'ai pas le goût de me raconter. La confession ne fait pas partie de mon quotidien et les aveux me dérangent. J'ai choisi de témoigner, de parler de ceux que j'ai aimés, admirés. De les éclairer à ma façon. Je n'ai jamais tenu de journal, je me suis fié à ma mémoire. Comme toutes les mémoires, la mienne est sélective. Des pans entiers sont probablement tombés dans l'oubli, comme des mots qui n'ont pas été enregistrés dans un ordinateur et sont disparus à jamais. Je fais confiance au destin pour avoir protégé l'essentiel. Lorsque je regarde par-dessus mon épaule et que j'aperçois ma vie déroulée, je mesure la chance qui fut la mienne d'avoir rencontré ceux dont je veux ranimer les traits, comme un négatif photographique se développe lentement et transforme l'image latente en image visible. Fallait-il prolonger le tirage? On peut se le demander. Ces portraits sont un tribut que je leur rends, même si je reste, ô combien! leur débiteur.

Je suis allé à leur rencontre. Des traînées de souvenir se sont accrochées aux branches de ma mémoire, comme le brouillard à celles du *Roi des Aulnes*. Je n'ai privilégié que la vérité, essayé de révéler une intimité que j'ai partagée. Le «misérable tas de petits secrets» dont parle Malraux ne m'a pas intéressé : je n'ai pas chercher à scruter les trous de serrure. J'ai voulu montrer ce que tous ces personnages recelaient de proche, de familier. Tels que je les ai connus. Avec leurs mérites, leurs travers.

Puissé-je avoir réussi à animer ce théâtre d'ombres et ces fantômes qui n'ont cessé de me poursuivre, qui sont le sel de ma vie, et qui, dans mes rêves les plus fous, se rejoignent et mènent une ronde merveilleuse et infernale qui ne s'arrêtera qu'avec moi.

Jean Giono

Jean Giono et Pierre Bergé

Jean Giono est né à Manosque en 1895, il y est mort en 1970. Sa vie devait se passer dans cette petite ville provençale, belle au jour de sa naissance, laide à celui de sa mort, défigurée par les municipalités qui se sont succédé. Il avait, comme Faulkner, transformé quelques hectares en univers et, comme Xavier de Maistre, voyagé autour de sa chambre. Il commença par écrire des romans paysans qui le firent accuser de régionalisme. On eut tort. De fait, occuper son propre paysage était la seule chose qu'il pouvait envisager. Il entrait en apprentissage. Il croyait qu'écrire était un métier, refusait l'inspiration. Il avait vécu au milieu des oliviers mais se méfiait des clichés provençaux. Il ne tenait pas Mistral en haute estime, regardait avec dédain les gardians, mana-

diers, félibres, qui à ses yeux relevaient du folk-
lore. Il avait lu Virgile et quand on lui disait que
Dante avait hésité à écrire sa *Divine Comédie* en
provençal, il souriait et répondait : « Peut-être ! »
Il ne s'embarrassait pas d'histoires, regardait de
travers ceux qui voulaient l'entraîner.

Au début il y eut la banque. Entre deux cou-
pons, il lisait, et ne se trompait pas. Fils d'un cor-
donnier et d'une blanchisseuse, il épousa une ins-
titutrice, s'engagea dans une vie de petit
fonctionnaire. Il faut se méfier des archétypes, ils
peuvent réserver des surprises. Il avait toujours su
qu'il serait écrivain, donc il écrivit. La renommée
vint vite, avec elle l'intérêt de quelques auteurs.
Gide, un des tout premiers, vint à Manosque
guidé par son flair et décela le talent. Il avait fait la
guerre, connu le chemin des Dames. La mort
l'avait épargné, la mémoire l'avait poursuivi. Il refusait la guerre de toute sa volonté. Il n'était pas le
seul. Son rôle dans la lutte pour la paix fut considérable. À l'égal de Romain Rolland. À l'horizon,
les conflits s'annonçaient, il les dénonça. Sa célébrité s'accrut. Il écrivit des pamphlets dans lesquels
il dénonçait les forces du mal. En même temps
il poursuivit son œuvre. Dans les montagnes,

non loin de Manosque, au Contadour, il ima-
gina une espèce de phalanstère, où le rejoi-
gnirent ceux qui doutaient de la société, de la loi
de la ville. Mi-Rousseau, mi-Gandhi. Il traduisit
Melville, *Moby Dick.* Il parlait mal l'anglais, pourtant sa traduction est la meilleure. Comme le sont
celles de Gide. On venait le voir de toutes parts.
Henry Miller fit le voyage, ne le trouva pas, partit
pour la Grèce et écrivit *Le colosse de Maroussi.* Eu-
gène Dabit frappa à sa porte, promit de revenir
mais devait mourir en URSS au cours du fameux
voyage. Personne ne tenait plus le langage de l'es-
poir. Ce fut bientôt Munich, enfin la guerre. Il fut
mis en prison à Marseille. Une fois libéré il écrivit
un chef-d'œuvre : *Pour saluer Melville.* Pour la première fois il restreignit son écriture, fut avare d'épithètes. La guerre s'installa, il se tint à l'écart. Le
temps des cerises était passé. Il écrivait toujours.
Qu'aurait-il pu faire d'autre? Chaque matin deux
pages. Quoi qu'il arrive. Il trempait sa plume dans
l'encrier comme il l'avait fait dans son enfance.
Deux pages pleines d'une calligraphie serrée, élégante. Il fumait la pipe mais n'avalait pas la fumée.
  À Manosque il s'était toujours protégé des
autres. Il continuait. « Un chien est toujours plus

fort dans sa niche», disait-il. Il restait dans la
sienne. Le monde qu'il avait espéré n'existerait
pas. Il le savait. Il y renonça à tout jamais. La fin
de la guerre arriva. On le mit à nouveau en prison puis on le relâcha. Il écrivit un autre chef-
d'œuvre : *Un roi sans divertissement.* La prison
était bonne conseillère. Il ne voulut plus entendre parler de rien. Il se consacra à son œuvre.
Deux pages par jour. La recette était la même.
Puis commença la période dite stendhalienne. Il
ne démentait pas. C'est alors que je le rencontrai,
que j'habitai chez lui, qu'il me lut chaque matin
les fameuses deux pages. Toutes chaudes. C'était
Le hussard sur le toit. Il lisait bien, content de son
travail, savait savourer son talent. La lettre
qu'Angelo reçoit de sa mère l'enchantait. Il avait
raison.

Il aimait les écrivains anglais, Dickens, Jane
Austen, Samuel Butler, *Vathek* de Beckford, *La
vie de Boswell* par Samuel Johnson, *La confession
du pécheur justifié* de James Hogg dans la traduction de Gide. Il avait une passion pour Mozart,
en particulier pour *Don Giovanni,* qu'il écoutait
souvent en 78-tours dans l'enregistrement de
1936 du Festival de Glyndebourne. Il n'aimait

pas Debussy, trouvait que sa musique ressemblait à des «dentiers qui s'entrechoquent». Il allait au cinéma le dimanche après-midi. D'un film policier il pouvait dire qu'il était aussi beau que *Les sept contre Thèbes*. Après le déjeuner il s'allongeait dans son bureau sur son canapé de cuir fauve, lisait des romans policiers. La Série noire uniquement. De Simenon il disait : «C'est toujours la même chose, le poêle ne tire pas et la femme sent le chou.» De Stendhal il préférait *Lucien Leuwen* et le *Brulard*. Il relisait Benjamin Constant, enviait ses phrases courtes et justes. Il ne partait pas en promenade sans un livre et se servait des pages de garde pour prendre des notes.

Le 1er novembre je l'aidais à porter des chrysanthèmes sur la tombe de ses parents. Son père s'appelait Jean également, et j'ai toujours été troublé de voir le vivant devant la tombe du mort où son nom était gravé. Il fit deux voyages dans sa vie, en parla longtemps, les raconta comme s'il s'était agi de pays lointains qui auraient séduit Stevenson. En fait il s'agissait de l'Italie et de l'Écosse. Il acquit une maison aux îles Baléares, qu'il trouvait aussi exotiques que Bora-Bora. À ses yeux la vérité n'avait pas de sens, puisque chacun pouvait se l'approprier. Il ne croyait qu'à l'artifice et en cela était un artiste. Voyager avec Giono, c'était s'asseoir face à lui dans un des fauteuils de son bureau et l'écouter. On pouvait croiser n'importe qui sur la route empruntée : les cosaques Zaporogues aussi bien que le capitaine Flint. Il écrivit une préface aux lettres de Machiavel et ne croyait pas au machiavélisme. Il pouvait s'enliser dans l'Histoire, la réécrire. Sa *Bataille de Pavie* demeure un modèle. Il manqua le prix Nobel, fut élu à l'académie Goncourt, où il vota constamment, sans états d'âme, du premier au dernier tour, pour le candidat Gallimard. Je lui fis rencontrer Cocteau à Milly-la-Forêt. Ils se flairèrent, se jaugèrent, s'apprécièrent mais n'eurent rien à se dire. Il n'aimait pas Paris, même s'il avait écrit des pages admirables dans *Les vraies richesses.* Quand il y venait, il allait au cinéma, s'attablait chez Rech, avenue des Ternes, où il mangeait des douzaines d'huîtres. Pendant des années, il passa des vacances à vingt kilomètres de Manosque dans une ferme qu'il possédait, qu'il appelait une «campagne». Plus tard, il alla à Formentor. Il n'avait pas de voiture, on venait le chercher. Il passait régulièrement quelques jours à Gréoux-les-Bains, quelques autres dans le Var chez ses amis le marquis et la marquise de Villeneuve.

Il refusait de monter dans un ascenseur depuis un accident de funiculaire qui tint une place importante dans ses récits. Il ne prit jamais l'avion et quand on lui disait : «Pourtant, si une chose grave survenait?», il répondait : «C'est précisément là qu'il faudrait se méfier, on n'ajoute pas une chose grave à une autre.» Il ne pouvait s'endormir sans fermer à clef la porte de sa chambre. Il avait été arrêté deux fois, conduit en prison. Il redoutait la surprise. Il était podagre, souffrait énormément, pourtant n'avait jamais bu d'alcool ni mangé de nourritures malsaines.

Il n'avait pas de salle de bains. Chacun faisait comme il voulait. Parfois, le dimanche, il envisageait des ablutions attentives. C'était toute une histoire : on sortait un tub en zinc qu'on installait dans la cuisine devant le fourneau qui ronflait et on l'emplissait d'eau chaude. Fine, la bonne à tout faire, frappait au carreau : «Monsieur Jean, s'il vous plaît, arrosez-moi le rôti.» Il n'avait que la porte du four à ouvrir et répondait oui. J'ai toujours craint qu'il ne l'arrosât avec l'eau du tub.

Mais lorsqu'il arrivait sur la table le rôti était bon et Giono sentait la lavande.

On le voit, sa vie était calme. Il aimait sa femme, ses filles d'un amour simple qui lui suffisait. Il eut quelques aventures, prétendait qu'elles servaient à nourrir son imagination. Élise – qu'il appelait aussi Zizi – préférait le croire. Aline et Sylvie n'étaient pas dupes. Il avait de la chance! Il aimait son vieil ami Lucien Jacques, son cousin Serge Fiorio, qui vivaient à Monjustin, un village perché sur une montagne non loin de Manosque. À moi il avait écrit : «Tu es le seul que j'aime comme un fils et comme mon meilleur ami.» Ce que je lui dois est indicible. Il fut mon mentor, mon ami, mon guide. Il m'a fait découvrir tant de choses, lire tant de livres! Son amitié fut tellement attentive pendant toutes ces années! S'il m'a accueilli avec tant de chaleur, c'est peut-être que je fus un des premiers, depuis la guerre, à venir le voir, comme autrefois vinrent tous ceux qui l'admiraient. Cette guerre qu'on lui fit payer si cher! Ces accusations de pétainisme, sans fondement, pour une photo de lui parue dans un journal collaborationniste, *Signal*. Photo d'agence sans la moindre interview. Aujourd'hui encore planent sur lui les relents du soupçon. Pourtant, il avait caché des Juifs dans sa ferme, n'a pas écrit une ligne qui puisse être retenue à son débit; mais ses écrits pacifistes, son livre *Refus d'obéissance* entretinrent un malentendu. C'est alors qu'il se réfugia plus que jamais dans l'écriture. J'ai toujours su qu'il était un des grands écrivains de son temps. C'est pour cela que j'avais fait le voyage à Manosque. Maintenant, je sais qu'il est un de ceux qui franchiront l'épreuve du temps.

Dans le questionnaire de Proust, à la question «Comment aimeriez-vous mourir?», il avait répondu : «Paisiblement.» C'est ce qui lui arriva. La mort le rejoignit en plein sommeil, sans crier gare. D'Élise je reçus ces lignes : «À sa mort Jean portait sur lui, dans le portefeuille qui ne le quittait pas, la dernière lettre que vous lui aviez écrite.»

Il y a des mots dont on se remet mal.

Jean Cocteau

Jean Cocteau et Pierre Bergé

Jean Cocteau est né en 1889, la même année que la tour Eiffel. Un tableau de Romaine Brooks les représente tous les deux, jeunes, conquérants. Il a touché à tout, s'est occupé de tout et son empreinte dans le XXᵉ siècle est considérable. Il commença mal : il avait lu Rostand, écrivit *Le prince frivole, La lampe d'Aladin.* Autant d'hommages qu'il déposa aux pieds de la comtesse de Noailles. Sa mue fut lente. Soudain il comprit qu'il s'était fourvoyé, prit quelques trains en marche, remonta les wagons l'un après l'autre et s'installa dans la locomotive à la place du conducteur. Dès lors il devait sillonner le monde de la création. Il est un paradoxe à lui tout seul. Les surréalistes s'en sont méfiés, le tenaient en piètre estime. Aujourd'hui il est le plus moderne. Avant d'autres il a introduit

la vitesse dans l'art, aboli la hiérarchie et se retrouve naturellement le père d'Andy Warhol.
Comme il est celui de Godard. De Picasso, Cocteau disait : «Il a sanctifié les fautes de telle façon
qu'il ne peut plus en commettre aucune.» Remarque en forme de pirouette mais profondément juste. Il se savait mal compris, en souffrait.
Son *Requiem*, il me l'avait dédicacé ainsi : «Je
t'offre ce fleuve dans lequel on crache...» Il
n'avait pas tort. Lorsqu'il entra à l'Académie française, un peu gêné il expliqua : «Autrefois on allait au Harar, aujourd'hui quai de Conti.» On ne
compte plus ceux qui lui doivent quelque chose,
pourtant il aurait pu faire sienne cette remarque
de Goethe à Eckermann : «De tous mes disciples
un seul m'a compris, et celui-là m'a mal
compris.» Des disciples, il en eut beaucoup. À
commencer par ses amants. Il leur découvrait du
talent. L'un était boxeur et sous son magistère re-
couvra son titre de champion du monde ; l'autre
était comédien ; un autre peintre ; parfois les deux.
Se rendait-il compte que le talent n'avait pas toujours été convoqué? Sans doute, mais il forçait le
destin, donnait rendez-vous à la gloire. Il arriva
qu'elle vînt. Seul Radiguet échappa à ce stéréo-

type : aussi Cocteau ne se consola-t-il jamais de sa mort. Leur rencontre fut rare. Cette fois, c'est Cocteau qui fut prisonnier des entrelacs de l'intelligence, de la culture, du talent. Il écoutait, apprenait. Est-ce lui qui lui suggéra de tremper sa plume dans l'encre stendhalienne ? On peut se le demander. Il est sûr que sa mort nous priva d'un écrivain.

On a dit qu'il aimait les honneurs : il voulait être rassuré. Il recherchait un complément de destinée. Il participa aux aventures de son temps, les accompagna, parfois se trompa. Son flair le guidait. Il se voulait sourcier. Dans ses mains, la baguette de coudrier se réveillait. Il savait y faire. Sa politesse était exquise : il se plaçait à l'unisson de l'autre, feignait de partager. Au retour d'une promenade au cours de laquelle il n'avait cessé de parler, il me dit : « Nous sommes comme deux vieux mandarins, nous nous sommes chuchoté à l'oreille des secrets que bientôt personne ne comprendra plus. » J'ai feint de le croire et j'ai accepté cela comme un cadeau. J'ai pensé à Proust, qui recommande de ne pas se fier à l'intérêt que vous portent les gens du monde, car il ne s'agit que de politesse. Bien sûr, il était mieux que cela. Il ai-

mait ses amis, il en avait, cultivait leur relation.
C'était parfois ambigu, comme avec Aragon. Ils
s'aimèrent sur le tard. Une association. Ensemble
ils caressaient leurs souvenirs, les faisaient défiler.
Fils de bourgeois, élevés dans des collèges reli-
gieux, ils se brûlèrent aux flammes du surréalisme. À la fin de leur vie – Cocteau mourut le
premier – ils se comprenaient à demi-mot et, tels
des gangsters à la retraite, évoquaient les casses
d'autrefois. Picasso était de la bande. Ils avaient
depuis longtemps remisé leur pince-monseigneur
mais savaient apprécier, en connaisseurs. Ils aimaient Pollock, Godard, Genet. Tous ceux qui
jettent des bombes dans les jambes de la société.
Celle de Villon, qu'ils s'étaient refilée à quelques-
uns depuis des siècles. Maintenant ils l'avaient
désamorcée.

Quant à Cocteau, il avait ralenti l'opium. Une
fois par semaine il s'octroyait quelques pipes. Il
pervertit tous ceux qui l'approchèrent. Certains
ne s'en remirent pas. Édouard Dermit (Doudou),
qui partagea sa vie à partir de 1947, fuma jusqu'à
sa mort en 1995. Avec lui, Cocteau rencontra la
paix. Ce fut sa dernière escale. Probablement la
plus sereine. Il voulut en faire un acteur, se

trompa, l'imposa à Melville, qui lui en tint rigueur ; un peintre, mais le piège de la drogue s'était déclenché. Il en fit son fils adoptif et ne fut pas trahi. Cet ancien mineur avait la qualité des simples. Il était beau et au hasard des fresques de Cocteau on retrouve son corps. Ce fut lui qui l'aima le mieux. Lorsque le poète disparut il géra son œuvre avec compétence. Cette œuvre, il me la confia, peu avant de mourir, désireux d'écarter tous ceux qui auraient pu jouer un rôle. A-t-il eu raison ? Ce n'est pas à moi d'en juger. Le lien qui me relie à Cocteau depuis si longtemps se poursuit. Fil d'Ariane, il me guide souvent.

Lorsque je les connus, Cocteau et Doudou vivaient la plupart du temps auprès d'une femme riche, Francine Weisweiller, qui s'était entichée du poète, l'avait aidé à produire un film, *Les enfants terribles*, grâce à Nicole Stéphane, qui s'occupa de tout et qui demeure exemplaire. La vie était facile, légère, car l'argent ne pesait pas : on le devinait plus qu'on le voyait. Mais le destin veillait. Cocteau et sa protectrice se brouillèrent. On tenta de les réconcilier. Il me dit : « La vie est un échange. Elle nous offrait une merveilleuse hospitalité, des cashmeres qui venaient d'Angle-

terre ; je lui ai fait connaître Picasso, Stravinsky,
d'autres. Si je retournais, je serais un gigolo et je
suis trop vieux pour ça. » Il fut blessé. Son orgueil
se révolta et les pages de son journal encore in-
édit en disent long sur sa tristesse.

Un matin d'automne, après que la radio lui eut
appris la mort d'Édith Piaf, il s'effondra à son
tour. Pure coïncidence. Les soirées qui précédè-
rent l'enterrement, je les passai à Milly-la-Forêt.
Cocteau reposait dans son habit d'académicien.
Son épée, son bicorne, ses décorations à ses côtés.
Une foule de gens, célèbres et inconnus, se pressa
à l'église. Lorsque le corbillard s'ébranla une
énorme couronne tenait tout l'arrière, barrée de
cette inscription : AL GRANDE MAESTRO. TOR-
TORELLA. C'était le concierge de l'hôtel Bauer-
Grünewald à Venise. Les croque-morts l'avaient
réservée pour la fin parce qu'elle était la plus im-
posante. J'ai pensé que Cocteau aurait souri de
cette ironie de l'histoire.

Plus tard Doudou se maria, eut deux enfants.
Jean Marais fut le parrain de l'un, moi de l'autre.
Jacqueline Picasso et Francine Weisweiller les mar-
raines. La boucle était bouclée. Cocteau m'avait
dit : « Prends soin de Doudou. » Je l'ai fait. Il ne

savait pas que j'allais prendre aussi soin de son
œuvre. Moi non plus.

Il a accompagné notre siècle et, selon le mot
célèbre, a feint d'organiser ses mystères. Il s'est
mêlé de tout et a épousé la modernité. La boule
de neige de Dargelos provoqua l'avalanche qui
recouvrit la nouvelle vague. Dans *Le jeune
homme et la mort*, la salopette de Babilée n'attendait que Nureev. S'il a couru après la mode, il l'a
souvent dépassée. Tel un acteur de kabuki il a en-
levé un à un ses kimonos, aidé par des figurants
invisibles, a placé l'artifice au-dessus de tout. Fidèle à ses propres codes, il les a érigés en règles. Il
a dit que dans son œuvre tout était poésie : il
avait sans doute raison. À l'école d'Apollinaire il
avait récité la leçon de Cendrars, puis celle de
Max Jacob. Il a dit qu'il était un mensonge qui
disait la vérité : il était surtout un cambrioleur
qui se dénonçait lui-même.

Son goût des garçons était profond. Il n'aimait
pas Jouhandeau et ses déclinaisons latines. Ses par-
tenaires ressemblaient aux anges de la mort qui
chevauchaient les motos d'Orphée. Ils traversaient
sa vie. On ne les compte plus. Pourtant, avec la
princesse Paley, il conduisit un face-à-face. Ils eu-

rent un enfant, elle ne le garda pas. Il prétendit toute sa vie qu'il était à sa recherche et qu'il le retrouvait dans les profils romains qu'il dessinait. L'érotisme le submergeait. Il dessinait des sexes d'homme, des accouplements, des perspectives monstrueuses qui allongeaient les membres, tel le *Christ* de Mantegna. Il a écrit *Le livre blanc* comme Gide avait écrit *Corydon*. Ces deux-là n'avaient rien pour s'entendre. Gide était pédéraste, Cocteau homosexuel. L'un vivait sa sexualité comme une ascèse, l'autre comme un accomplissement. Le premier s'était dévoilé au nom de l'intégrité, le second au nom de la liberté.

Il aimait les honneurs, les gens célèbres, les calembours, les aphorismes. Lorsqu'il voulait montrer que notre époque était mercantile, il disait : «Aujourd'hui, les nombres sont devenus des chiffres!» Les niais souriaient, déroutés. À propos de Picasso : «Il pourrait finir sous un pont mais sous un pont d'or», de l'homosexualité : «Les mauvaises mœurs sont les seules choses que les gens vous prêtent sans vous demander de les rendre.»

D'où vient ce dessin qui n'est certes pas celui de Matisse ni celui de Degas mais qui est bien le

sien ? Cette habileté des raccourcis, ces mises en
page ? Au-delà de la séduction des enjolivements.
Il travaillait vite, trompait son monde, pouvait
dans les meilleurs jours se rapprocher d'Artaud.
Bref, il était du bon côté de la barrière. Il avait
été élu à l'Académie française, à l'Académie
royale de Belgique (au fauteuil de Colette), fait
docteur honoris causa de l'université d'Oxford et
de quelques autres. Sa vieillesse était satisfaite. Il
attirait la jeunesse comme la flamme le papillon.
Il aimait accueillir. Le matin, rue Montpensier,
on croisait dans l'escalier Stravinsky et un jeune
poète inconnu. Il n'était pas avare de son temps.
Il n'avait pas oublié que Radiguet avait, lui aussi,
frappé à sa porte. Il reconnut Genet, le fit éditer,
le nomma dans son discours sous la coupole. La
gloire ne l'avait pas aveuglé : il n'avait pas renoncé à la fidélité.

J'étais à Barcelone lorsque sa mort me trans-
perça comme la foudre. Au téléphone on m'a
dit : « Tu sais pour Cocteau ? » Je ne savais pas.
Lorsque j'ai raccroché je me suis aperçu que
j'étais en larmes. Je suis rentré à Paris à toute allure. Sur sa tombe il a voulu que soit écrit JE
RESTE AVEC VOUS. Édouard Dermit repose avec

lui, dans le même caveau. L'un sur l'autre, réunis pour l'éternité. Ils sont veillés par le buste du poète sculpté par Arno Breker. Tout autour, les tatouages de Cocteau, tags d'avant les tags, s'inscrivent sur les murs de la chapelle. Le silence est à peine altéré par le bruit des voitures. Le temps reste suspendu et, comme dans l'œuvre de Cocteau, on célèbre les noces du sommeil et de la mort.

François Mitterrand

François Mitterrand et Pierre Bergé

Je m'étais détaché de la politique lorsque je devins l'ami de François Mitterrand. Cette relation fut facile, naturelle, et s'il y entra, de mon côté, une part de vanité, elle cessa vite d'occuper entre nous une place importante. Je n'étais mû par aucune ambition, ne cherchais aucun avantage. Être le témoin privilégié des actions d'un homme que je me mis à admirer puis à aimer me suffisait amplement. J'avais été l'ami, parfois le confident, de peintres, d'écrivains mais jamais d'hommes politiques et surtout d'aucun qui occupât une telle fonction. Me donna-t-il son amitié? Je me le suis demandé puisqu'il ne croyait qu'à la recommandation du temps, mais cela était de peu d'importance puisqu'il encouragea la mienne. Ce qu'il me donna fut sans doute sa confiance. Je m'en contentai.

Depuis sa mort on a beaucoup dit et écrit à son propos. Dirai-je que je le reconnais peu? De fait, il me semble que ses exégètes manquent de profondeur de champ. J'ai écrit un livre, *Inventaire Mitterrand*, dans lequel je me suis travesti en historien pour le suivre à la trace mais je n'ai pas parlé de lui. L'anecdote le dessert, ne lui ressemble guère. Homme de mystère plus que de secrets, c'est peu dire qu'il ne se livrait pas. C'est au travers de ses admirations qu'il faut aller à sa rencontre. On a souvent cité Chardonne, Loti, sans comprendre qu'il s'agissait là de chemins de traverse qu'il empruntait en connaissance de cause. En fait il était plus à l'aise avec l'apôtre des gentils, Paul de Tarse, ou avec saint Augustin, dont il aimait les origines. Il avait surtout compris que la religion catholique nimbait ses fidèles d'un halo de doute et que la quitter avec ostentation reviendrait peut-être à s'exhiber sans retour. Il a toujours entretenu cette ambiguïté qui lui a fait écrire qu'après sa mort une messe serait possible. Il y en eut deux! Des figures sulpiciennes de sa jeunesse, il avait retenu la gravité et vers la fin de sa vie son regard, parfois, semblait glisser entre des paupières de marbre.

Il avait connu des années difficiles qui lui faisaient regarder les autres avec une distance qu'il
ne faudrait pas confondre avec de la condescen-
dance, convaincu d'avoir su sculpter son destin.
Il n'y avait dans cette attitude aucune idée de su-
périorité, simplement une différence qu'il avait
fini par faire admettre. Il aurait aimé, comme
d'autres autrefois, se réfugier à Bruxelles ou à
Guernesey; il dut se contenter de Château-Chi-
non. On lui opposa Mendès France, ce qu'il détestait, et on voulut voir en eux l'avers et le revers
de la même monnaie, ce qui était faux. Blessé, il
le fut souvent, et cet homme qu'on disait hautain
pouvait être d'une sensibilité d'écorché. On l'a
dépeint en monarque et on s'est trompé. Prudent
à l'extrême, il n'a jamais confondu la volonté et
le volontarisme; et souvent, de ses ministres, il
disait qu'ils ne changeraient jamais, qu'ils lais-
saient passer l'occasion de réformer la société.
Car, sur ce point, sa sincérité ne peut être mise
en doute : il croyait qu'il avait été élu, et la
gauche avec lui, pour, selon un de ses slogans,
« changer la vie ». La changea-t-il ? Les réponses
peuvent être contradictoires. Ce qui est sûr c'est
que son élection *le* changea. À la table des grands

de ce monde, il tint sa place avec brio. **Regardé,**
au début, comme un intrus, il fit bientôt figure
de référence et les jours que je passai avec lui et
Mikhaïl Gorbatchev me montrèrent que c'était le
Russe qui était le débiteur du Français.

On a vanté sa culture ; d'une certaine manière
on a eu raison. Il convient pourtant de tempérer
ce jugement. L'architecture et la littérature le pas-
sionnaient. Il croyait que l'empreinte d'un
homme se lit au travers des travaux entrepris. À
son propos, on parla de « Grands Travaux ». L'histoire abonde de ces repères. Dans certains cas il
fit confiance avec trop d'aveuglement et fut parfois trompé. La peinture ni la sculpture ne le
bouleversaient et la musique ne faisait pas partie
de son univers. Pour autant, il savait qu'aucun
avant lui n'avait à ce point fait avancer l'idée de
culture. Il respectait la création, ne lui imposait
pas de frontières.

Beaucoup de calomnies circulaient sur son
compte, il ne les arrêtait pas. Il laissa dire et
écrire ceux qui le voulaient. Il avait du mal à interrompre une relation. À certains de ses interlo-
cuteurs il semblait demander : « Qu'allez-vous
faire de tout cela ? Sans doute me trahir. » Car il

fut souvent trahi mais j'ai toujours cru qu'il s'y était préparé, qu'il avait même provoqué certaines trahisons. Autour de lui il y avait comme une cour, mais comment l'éviter? Il n'était pas dupe. Pourtant, sa fonction ajoutée à la distance qui était la sienne obligeait à la déférence. De là à la flatterie il n'y avait qu'un pas.

Sa vie privée était sue de tous : il ne la cachait pas. Il avait une fille née en dehors de son mariage et personne n'en parla jusqu'au moment où il le décida. Il se moquait du qu'en-dira-t-on, ne confondait pas la morale et l'éthique. S'il respectait celle-ci, il attachait peu d'importance à celle-là. Il se gardait de tout jugement et, parfois, lorsque devant lui on désapprouvait telle ou telle chose, il disait : «Ça ne nous regarde pas.» Il aimait les femmes, était souvent mal à l'aise avec les hommes. Il adorait sa fille, en était fier. Elle lui ressemblait. Ils partageaient les mêmes goûts, les mêmes passions.

On a souvent vanté sa fidélité. Elle est légendaire. Cela ne l'empêchait pas de créer des clans, de les entretenir, voire de les opposer, de savourer les antagonismes des uns et des autres. Il avait peu d'illusions sur la nature humaine, la croyait prête à tout. Il disait que la vanité, seule, mène le monde, plus que l'argent, plus que l'amour. Avec l'amour il avait su garder ses distances, se sentait proche de Casanova : «On est guéri des blessures du cœur lorsqu'on se retourne sur une femme.» Il se retournait souvent. Il suffisait de le voir essayer les armes de la séduction et vérifier qu'elles pouvaient encore servir. Comme un exercice d'assouplissement. On murmurait le nom des maîtresses qu'il avait eues parmi ses amies, ses ministres, ses collaboratrices. Lui ne livrait aucune confidence.

Avec l'argent, il n'a jamais été à l'aise : il ne l'aimait pas. Il n'en avait jamais eu. D'autres s'étaient chargés de lui épargner ces soucis. Autour de lui certains, hélas! l'aimaient; il le savait mais qu'y pouvait-il? Il disait d'un de ses proches qui connut des déboires : «Il n'a jamais su résister.» Il était atteint lorsqu'un ami trébuchait sur un scandale. Il n'en parlait pas, mais s'indignait si on essayait de le compromettre. Son orgueil était grand, il ne l'aurait pas risqué.

À sa place, d'autres auraient eu des adversaires, lui ne comptait plus ses ennemis. À les entendre, il était presque responsable du mauvais temps.

Les journalistes se prenaient pour cible et se croyaient visés. Tout était bien exagéré, donna lieu à bien des malentendus. Pour expliquer tant de déceptions, on ne peut qu'imaginer l'amour. L'avaient-ils donc tellement aimé ? Peut-être, après tout…

Plus il approchait de sa fin, plus il s'entêtait : il n'avait pas de temps à perdre et le savait. Il supportait mal la contradiction, opposait un mutisme éloquent à ceux qui s'obstinaient. Il était conscient de l'importance de sa fonction, du rôle qui était le sien, du fait qu'il reposerait dans les mains de l'Histoire et qu'on disséquerait chacun de ses actes avec des précautions de chirurgien. Il faisait confiance à la postérité comme autrefois il avait fait confiance à la religion. Il avait conservé ce besoin de croire et imaginait sans doute que sa trace serait immortelle, à défaut de son âme.

Il aimait les habitudes, les lieux, les gens qu'il connaissait. Dans un restaurant, il prenait toujours la même chose, se méfiait de la nouveauté. Il était rare qu'il ne connût pas tel événement historique, pouvait étaler une érudition sans faille. Dans sa bergerie de Latche sa chambre était tapissée de livres de poche. La lecture lui avait souvent servi de refuge. Il aimait les poètes et les écrivains secrets, connaissait des textes entiers par cœur. Il aurait sûrement choisi d'être écrivain s'il l'avait pu. Il était à l'aise avec eux. Les hommes ou les femmes politiques lui inspiraient moins d'admiration. Avec les écrivains, en revanche, il était de plain-pied, d'égal à égal. Un jour il s'est étonné que Marguerite Duras et moi nous nous soyons tutoyés. Il ne tutoyait personne. Sauf des camarades d'enfance ou de guerre. Les mauvais écrivains provoquaient chez lui un mépris immédiat. Il déplorait sa méconnaissance des langues étrangères. Il aurait voulu lire dans le texte Tolstoï ou Shakespeare. À propos des autres, on a dit qu'il était tolérant. Ce n'est pas vrai. Tolérer veut dire accepter, même si on n'aime pas. Lui avait une profonde indifférence à la vie d'autrui, à ses goûts, à ses mœurs. Il ne jugeait pas, acceptait mal d'être jugé lui-même. Il savait ce qui se disait sur lui, n'avait pas d'illusions. On lui reprochera beaucoup de choses qu'il aurait dû ou qu'il n'aurait pas dû faire. De lui, on exigeait tout, alors qu'on avait été indulgent avec d'autres. Il ressentait cela comme une injustice. Encore ne savait-il pas tout : qu'un jour on le rendrait responsable de la torture en Algérie. Rien ne l'aurait étonné, car il pensait depuis la mort de Bérégovoy que les chiens se repaissent de «lambeaux pleins de sang qu'ils se disputent entre eux» comme dans *Athalie*. Aimait-il Racine? je ne le lui ai jamais demandé. Il devait trouver qu'il y avait de l'impudeur à étaler ses sentiments. Il aimait Renan, la *Prière sur l'Acropole*, Barrès à cause des *Cahiers*. Tous ceux qui avaient une écriture chargée de mysticisme, qui avaient passé de longues années à s'interroger. S'était-il interrogé? Assurément, mais je le soupçonne d'avoir préféré ne pas répondre. Il n'aimait pas les questions précises, celles qui avaient l'air de lui forcer la main.

Sa fin approchait. Sans oser se l'avouer, on sentait poindre le terme de sa vie. Depuis quelques mois, il n'était plus président de la République et, du coup, n'avait plus de raisons de mobiliser ses forces. Dans cette partie terrible qu'il jouait depuis des années avec le cancer, il avait décidé de baisser la garde. Il en avait assez de feindre, de se vaincre chaque jour, de poursuivre le même combat. Il avait été le plus fort mais avait toujours su que ça finirait ainsi.

Cette dernière soirée à Latche, comment pourrais-je l'oublier? Comme au théâtre, chacun jouait son rôle, feignait la légèreté. Lui n'avait pas besoin de jouer le rôle du malade. À l'écart, allongé dans son fauteuil Charles Eames, il nous écoutait et, parfois, intervenait. On allait le voir, lui parler, l'encourager à manger. Déjà il ne pouvait presque plus rien avaler. Je lui parlai de Zola, de la maison de Médan que je voulais sauver. Il savait tout à ce sujet, m'encouragea, me posa bien des questions. Il se retira dans sa chambre. Le vent soufflait dans les pins des Landes et la nuit était froide. Le lendemain j'allai lui dire au revoir. Il était dans le même fauteuil. J'étais près de partir lorsqu'il me rappela : «Tenez-moi au courant pour Zola.» Ce furent les dernières paroles qu'il m'adressa. Sept jours plus tard, il mourut à l'aube dans son appartement du Champ-de-Mars. A-t-on dit qu'il s'était suicidé? Car il l'a fait, puisqu'il avait refusé de s'alimenter et que lentement il a cédé, sa main dans celle de son médecin.

Sa mort provoqua dans la France tout entière une émotion profonde. Il y avait si longtemps qu'il tenait sa place. Il avait été président de la

République pendant quatorze années – un record – et il l'aurait peut-être été davantage si la maladie n'avait mis un terme à ses ambitions. Il laisse une image floue : aimé des uns, détesté des autres. Il n'aurait pas été surpris, il le savait. Qu'ajouter? Il dut vaincre bien des résistances, bien des amitiés pour dompter le destin et s'en faire un allié. On l'a appelé le prince de l'ambiguïté. Et si c'était vrai? Si, après tout, c'était sa plus grande qualité de ressembler à chacun de nous, de nous avoir montré combien les frontières sont fragiles, faciles à franchir?

Je suis resté seul avec lui, face à lui, couché sur le lit où il avait rejoint la mort. Connaissait-il enfin la réponse qu'il avait cherchée toute sa vie? Peu importe, seules les questions comptent, pas les réponses.

Maintenant, l'Histoire s'est emparée de lui et l'a emporté sur les ailes du temps.

Marie-Laure de Noailles

Marie-Laure de Noailles

Marie-Laure de Noailles tenait l'originalité pour une vertu et la vertu pour une qualité encombrante. Sa grand-mère servit de modèle à Marcel Proust pour la duchesse de Guermantes. Fille d'un banquier juif, elle était immensément riche. Elle avait espéré faire un mariage d'amour, elle fit un mariage de convention. Vicomtesse de Noailles, elle portait un des plus beaux noms de France. Son mari, le vicomte, était trop élégant pour l'interroger, trop distant pour la retenir. Sur ce mariage raté, elle construisit une relation solide. Ils s'écrivaient chaque jour. Quand il parlait d'elle, il disait Marie-Laure. Elle ne l'appelait jamais que «le vicomte». Même devant des amis. Personne ne disait Charles, sauf de rares intimes. Elle eut des amants et pouvait souffrir comme une folle. Elle s'éprit d'hommes qui, souvent, n'aimaient pas les femmes. Cela aiguisait sa perversité. Avant son mariage, elle eut une passion pour Cocteau, voulut l'épouser. Sa mère en décida autrement sur, paraît-il, les conseils de Marcel Proust. Cocteau disait d'elle : « Marie-Laure nez Bischoffsheim. » C'était le temps où les plaisanteries antisémites ne dérangeaient personne. Il disait aussi qu'on l'avait vendue au vicomte. Ensemble, les Noailles ont épaté Paris. Ils produisirent un film de Buñuel, un de Cocteau, un autre de Man Ray. Ils marquèrent une époque qui ne les comprit pas, les jugea traîtres à leur classe. Le vicomte dut donner sa démission du Jockey Club. L'audace leur a souvent tenu lieu de goût. À côté des Goya acquis par Bischoffsheim, ils accrochèrent d'affreux surréalistes de leurs amis. Ils eurent la main plus heureuse avec Picasso et Burne-Jones. Leur coup de maître fut de confier à Jean-Michel Frank la décoration de leur salon de la place des États-Unis. D'une certaine manière c'est là que naquit l'Art déco. Pour leur maison d'Hyères ils firent appel à Mallet-Stevens. Le vicomte était le meilleur jardinier de son temps. À Hyères, il commanda un jardin cubiste.

Marie-Laure, plus tard, préféra accueillir un âne qui s'appelait Alphonse et s'entêtait à braire tôt le matin dans un parc pour enfant posé sur la pelouse.

Ils avaient des amis qu'ils ne partageaient pas forcément. Le vicomte servait parfois de guide à la reine mère Elizabeth d'Angleterre lorsqu'elle venait en France. Honneur qui était également échu au prince de Faucigny-Lucinge. Un jour que le vicomte faisait découvrir à Sa Majesté la Camargue, Marie-Laure se mêla à la foule qui acclamait la souveraine à Aigues-Mortes et cria : « À bas la reine ! » Elle, s'entichait d'acteurs souvent sans talent, de mauvais écrivains et de marchands d'art douteux. Deux musiciens, Igor Markevitch, Maurice Gendron, relevèrent le niveau. Elle donnait des fêtes, réfléchissait longuement à la liste de ceux qui ne seraient pas invités. Elle recevait en haut des marches et, à un intrus qui pensait pouvoir disparaître dans le nombre, elle dit : « Comme c'est gentil d'être là mais, vous le voyez, je reçois quelques amis, revenez un autre jour. »

Pour se remettre, elle partait pour la Camargue, où elle possédait une espèce de Trianon qu'on ap-

pelle là-bas un mazet, qu'elle partageait avec un
éleveur de taureaux assez joli garçon, Jean Lafont,
qui n'aimait pas particulièrement les femmes mais
eut le bon goût de devenir l'ami du vicomte et de
le rester après la mort de Marie-Laure. Elle descendait du marquis de Sade, en était fière. Elle feignait de croire que Pétrarque avait écrit ses
meilleurs vers pour Laure de Sade alors qu'il s'agissait de Laure de Sabran. John Richardson raconte
qu'elle partit un jour pour Vienne avec le peintre
Lucian Freud, le petit-fils de Sigmund, inaugurer
une plaque sur la fameuse maison de Berggasse 19.
Là, ils retrouvèrent le descendant de Sacher Masoch et Marie-Laure ne trouva rien de mieux que
de déclarer avec emphase : « *Du bist Masoch, er ist
Freud, und ich bin Sade.*»

Elle se disait une des «quatre reines de Provence». Elle avait conservé de sa grand-mère un
vocabulaire proustien. Élégant et suranné. Elle
n'appelait pas «chauffeur» l'homme qui condui-
sait sa voiture, mais «mécanicien». Pour le déjeuner on passait à table à une heure précise. Tout
retardataire se retrouvait placé au hasard, quel
qu'il fût. Toute allusion bourgeoise était pros-
crite : aussi le maître d'hôtel, habillé entièrement

de noir, annonçait-il : « Le déjeuner est servi ! »
traduction du « *Lunch is served* » anglais. Elle plaçait ses invités à son aise plus que par respect
d'un protocole. James Lord rapporte, avec bien
du talent, comment elle voulut dépêcher à Bo-
logne une Américaine, égarée là on ne sait comment, pour apprendre à faire des fellations, car
c'était, paraît-il, un endroit réputé pour cela.

Un jour que, devant moi, Georges Geffroy désignait son ventre distendu par un fibrome et lui
enjoignait d'aller se faire opérer, elle lui répondit
après un long silence qui cachait mal sa fureur :
« Et toi, que disent-ils tes gigolos, lorsqu'ils voient
ta tête chauve entre leurs jambes ? » On raconte
qu'elle échangea un jeune homme contre une
paire de chandeliers. Pour une raison ou pour une
autre, celui qui reçut les chandeliers la gifla dans
un restaurant. Elle resta impassible et dit : « On
ne gifle pas un poète. » Car elle écrivait parfois.
Elle peignait aussi. Elle signait ses lettres d'une
feuille d'arbre accolée à son nom. Comme l'étoile
de Cocteau. Elle collabora longtemps à une revue
littéraire, tenait un journal, en fait un scrapbook,
dans lequel elle collait tout ce qui lui était tombé
sous la main et qu'elle découpait avec soin.

Elle s'habillait chez les grands couturiers, pourtant elle ressemblait à une gitane : ballerines aux pieds, cigarette pendue à la lèvre. En guise de sac à main elle avait adopté un panier en osier, très «Parisienne aux champs». Elle portait des robes à taille haute ou des jupes et des blouses qu'elle ornait d'un bijou cloué dans le sternum. Elle avait une peau transparente sous laquelle coulait un delta de veines bleues. Dans les dernières années, elle avait le souffle court et, souvent, ses phrases s'arrêtaient en chemin. Elle avait deux filles qu'elle n'aimait pas car elle était incapable d'aimer. Elle fut souvent atteinte par la passion, probablement pas par l'amour. Des hommes traversèrent sa vie. Ils en sortirent. Pour eux, elle fit des projets insensés. Elle aurait sûrement voulu produire un immense spectacle où les musiciens, les peintres, les poètes, les acteurs qu'elle avait un jour arrachés à leur monotonie se seraient retrouvés.

Un jour, après avoir avoué au vicomte qu'elle avait failli avoir une aventure avec Picasso, mais que finalement ça ne s'était pas fait, il lui répondit : «Là, ma chère, permettez-moi de vous dire que vous avez eu tort.» À Picasso elle avait proposé : «Vous serez mon Goya, je serai votre duchesse d'Albe.» Il avait rétorqué : «À votre place j'aurais choisi d'être reine d'Espagne.» Au lieu de Picasso, elle eut pour amant un médiocre peintre espagnol, Oscar Dominguez, alcoolique et faussaire qui lui subtilisa quelques Picasso, les vendit et les remplaça par des faux. Marie-Laure l'apprit à ses dépens lorsqu'elle voulut en vendre un.

De Proust encore elle avait retenu le conseil de fuir les «ennuyeux». Chez elle on trouvait un peu de tout, sauf de l'ennui. Elle n'était dupe de rien ni de personne et savait que nul ne tenterait de s'opposer à elle. Le paradoxe était né avec elle. Elle n'avait nul besoin de le cultiver. Elle traînait après elle une espèce de cour où les flatteurs abondaient. Les profiteurs également. Elle avait le mépris rapide et pouvait le montrer. Elle voulait rester une des excentriques de son temps. Ses origines américaines la rendaient plus libre que bien des autres femmes. Elle le savait. Sa culture était réelle car elle lisait, qualité rare dans son milieu. Sa générosité était sue mais certains lui reprochaient d'acheter ses amis et d'en faire des courtisans.

Elle était attentive, redoutablement intelligente, devinait l'autre au premier coup d'œil, savait être présente. Elle aimait les clans, les camps. Parfois, telle Méduse, elle était belle à faire peur.

Sa mort fut difficile. On pensait qu'elle aurait le mot de la fin. Elle aurait pu, comme Fontenelle, se plaindre d'une difficulté d'être, ou comme Goethe réclamer plus de lumière. Elle se contenta d'affirmer avec terreur qu'elle ne voulait pas mourir. Ce fut sa dernière volonté et probablement la seule qui ne fut pas respectée.

Bernard Buffet

Bernard Buffet et Pierre Bergé

Il avait vingt ans, j'en avais dix-huit et, comme tous les coups de foudre, le nôtre frappa à la vitesse de l'éclair. Nous nous rencontrâmes dans un café de la rue de Seine, aujourd'hui disparu, *Chez Constant*. Il buvait du cognac et m'apprit à jouer au 421. Les dés roulaient en même temps que nos pensées. Il m'emmena voir un match de boxe au Central, rue du Faubourg-Saint-Denis. Nous nous retrouvâmes le dimanche suivant à la Foire du Trône, où se produisaient des femmes à barbe, des nains qui marchaient sur les mains et des puces savantes qui suçaient l'avant-bras de leur dresseur. Le soir nous avons cherché un hôtel et finîmes dans un endroit douteux, rue des Canettes, où une femme digne et silencieuse nous conduisit à une chambre, non sans nous avoir donné une serviette ravaudée. C'était Céleste Albaret, l'ancienne gouvernante de Proust, qui n'était pas encore devenue la gardienne de la maison de Maurice Ravel. Ce n'est que plus tard que nous sûmes son identité et cela nous divertit fort.

Après l'hôtel, nous sommes allés dîner dans le quartier et marcher longtemps sur les bords de la Seine. Ce ne fut pas facile de se séparer! Très vite, Bernard précipita les choses : il fallait quitter Paris, partir pour la Provence où son marchand de tableaux lui avait trouvé une maison, vivre ensemble. On résiste mal aux exigences des timides. J'objectai certains empêchements, le manque d'argent, la nécessité de gagner ma vie, il n'en avait cure et un matin nous partîmes vers notre destin.

D'abord nous vécûmes dans le Vaucluse, à Séguret. Nous allions à bicyclette à Vaison-la-Romaine. Plus tard, à moto, nous découvrîmes les paysages du mont Ventoux, Orange et ses chorégies. Bientôt, ce fut notre rencontre avec Jean Giono, notre installation chez lui pendant un an et enfin notre maison, *Nanse*, entre Reillanne et Vachères. Bien des demeures se sont succédé dans notre vie, dans la sienne et dans la mienne, mais aucune, d'une certaine manière, n'a égalé celle-là.

En a-t-il été de même pour lui? Pourquoi en dou-
terais-je? J'y retourne parfois. Tout me paraît différent et pourtant semblable. Plus de cinquante
ans ont passé. Je reconnais le plateau d'où, par
temps clair, on aperçoit les Alpes, le champ de lavande et le puits qui s'assèche au milieu de l'été.

Notre histoire aura duré huit années. À la fois
longues et brèves. Je n'ai pas envie de la raconter
car, après tout, elle ne m'appartient pas uniquement. Un jour, longtemps après notre séparation,
Bernard m'a dit: «On a été des cons, on a raté
notre vie.» Le temps des comptes était passé, je
n'ai pas répondu. Les lettres qu'il m'a écrites sont
enfouies et, avec elles, les souvenirs que je
conserve. Des souvenirs, je n'en manque pas.
Durant ces huit années nous ne nous sommes
pas quittés un seul jour. La vie tournait autour
du travail de Bernard. C'est là que j'ai fait mon
apprentissage. Quoi qu'il me soit arrivé depuis, je
n'ai jamais oublié cette jeunesse qui était la nôtre,
cette ambition qui nous dévorait, cette incons-
cience qui nous permettait d'affronter tous les
dangers, cette passion qui nous faisait vivre.

Bernard était sûr de son génie. Il ne savait pas
que l'art allait se faire sans lui et qu'un jour il serait

isolé. La guerre lui a joué un vilain tour : les
peintres se sont exilés aux États-Unis. La vieille Europe bégayait. À l'École des beaux-arts on lui avait
enseigné les vieilles recettes. Les collectionneurs
français étaient en léthargie. Francis Grüber venait
de mourir et Buffet le remplaça. Il avait une haute
idée de sa lignée : il la faisait remonter jusqu'à
Dürer, passer par Thierry Bouts, la *Pietà* d'Avignon, Millet, Lautrec, Degas. Tous ceux dont
l'œuvre était dictée par le dessin. La « prière quoti-
dienne ». La figuration le rassurait, il croyait
comme le Greco qu'il suffisait de changer les perspectives. Il trouva vite son vocabulaire, sa gram-
maire, les utilisa avec plus ou moins de bonheur.
Au début de sa carrière on parla de peintre maudit : il travaillait sur des draps de lit. La renommée
vint vite. Il la prit pour la gloire et, du coup, s'en
contenta. Il adorait Courbet, le baron Gros, Géri-
cault, n'aimait ni Picasso ni Matisse, connaissait à
peine Kandinsky et Paul Klee. Il était français jusqu'au bout des ongles et croyait à l'École de Paris.
Il gagna vite de l'argent mais sa cote dans les ventes
aux enchères aujourd'hui plafonne. D'autres, qu'il
ne connaissait pas ou qu'il méprisait, atteignent
des prix bien plus importants.

Il aimait la campagne et toute sa vie se tint éloigné de Paris. Dans les années cinquante, le magazine *Connaissance des arts* le désigna comme le plus grand peintre de sa génération. Aujourd'hui il ne figure dans aucun musée. Pourtant il ne manquait pas d'atouts. Dessinateur aigu, il voyait vite. Le monumental l'avait toujours attiré. Ainsi a-t-il peint des crucifixions, des scènes de guerre, la vie de Jeanne d'Arc, des séances de cirque. Bien d'autres. Il eut une jeunesse difficile, presque pauvre, et ses tableaux, où traînaient un hareng et des oignons, étaient l'illustration de sa vie de tous les jours. Il était maigre et se représentait nu, appuyé sur une chaise de cuisine. Nul ne le savait, mais c'était une manière d'avouer son masochisme. Lorsque cet univers cessa d'être le sien, il continua à le peindre et, inlassablement, à le répéter. Il eut tort. Il disait que les grands peintres, Rembrandt par exemple, faisaient toujours la même chose. Il confondait le sujet et la peinture. Dès sa jeunesse il avait trouvé ce qui allait lui servir toute sa vie. Autour de lui, la peinture changeait, empruntait de nouveaux chemins : il n'en avait cure. Il rassurait les collectionneurs qui perdaient pied face à l'art abstrait et qui étaient contents de retrouver chez lui un monde qu'ils comprenaient. Le malentendu fut grand : il fut aimé par ceux qu'il méprisait, qui accrochaient ses toiles à côté de mauvais Vlaminck. S'en rendit-il compte? Son nom se retrouva dans les journaux de mode, dans les échos mondains, de moins en moins dans les rubriques d'art. Il était devenu célèbre. On le reconnaissait dans la rue, on le photographiait à l'égal d'un acteur de cinéma. Il se mit à peindre en série, découpait des toiles de même format, les clouait sur le mur de son atelier avec des semences de tapissier, dessinait à la chaîne et appliquait les couleurs l'une après l'autre. Il pouvait en produire ainsi une quinzaine dans la même journée et les signer de son écriture gothique.

Il se mit à boire. Il aimait peu de gens, était méfiant. Il avait de l'affection pour quelques amis, Robert Mantienne, Pierre Descargues, Jean-Pierre Capron, sa nièce Blanche, qui portait le prénom de sa mère. Pour Giono, bien sûr, qu'il avait toujours considéré comme un monument et dont la solitude l'impressionnait. Il aimait Marseille. On y allait souvent. La Bretagne, où nous avions acheté une maison. Avec la célébrité, des gens de toute sorte entrèrent dans sa vie. Beaucoup de parasites.

Il n'était pas dupe, me le disait, s'en amusait. En fait, un peu avant l'âge de trente ans il avait abdiqué. J'ai toujours su qu'il avait mesuré l'impasse dans laquelle il s'était fourvoyé, dont il ne pouvait plus sortir. Il a essayé de peindre différemment, d'aborder la couleur, de changer sa technique. C'était en juillet 1957. Il fit ainsi une dizaine de toiles, me les montra, les détruisit. Nous n'en reparlâmes jamais. Il reprit ses pinceaux et continua à cerner de noir des bouquets de chardons, des poissons plats, des têtes de clown.

Il était devenu amer, se consolait avec l'alcool, le sexe. Il peignait toujours, avec une espèce de rage, comme pour se venger de cette célébrité qui l'encombrait et qu'il savait, d'une certaine manière, usurpée. Il aurait voulu tout recommencer, revenir à la peinture telle qu'il l'avait aimée dans son enfance lorsqu'il traversait Paris pour suivre, place des Vosges, les cours de M. Darbefeuille. C'était trop tard. J'avais été complice, probablement coupable. J'avais tant cru à son génie. Tout cela tourna mal. Une guerre de marchands s'engagea. Le plus malin l'emporta. La vérité est qu'il n'eut jamais de marchand à l'égal de Kahnweiler, Rosenberg, Pierre Loeb, Vollard. Capable de le comprendre – surtout de comprendre la peinture –, de lui parler, de le mettre en garde, de le guider. Il partait à la dérive devant des témoins béats d'admiration, incapables de voir qu'il allait se fracasser, se perdre. Ils se contentaient de le rassurer, de subvenir à ses besoins, de jouer le rôle de banquier, de secrétaire, d'intendant. Il ne savait rien, on lui cachait tout. Il n'avait plus aucun rapport avec la vie ni avec l'art de son temps. Il ne lui restait que des Japonais qui l'admiraient on ne sait trop pourquoi. Il était trop intelligent pour s'en satisfaire, n'était pas dupe.

Pendant plus de quarante ans il cultiva tous les malentendus, tenta bien des évasions, rechercha sans cesse des repères qui n'étaient plus les siens, qui avaient été ceux d'un adolescent efflanqué, disparu depuis longtemps, après lequel il courait dans une fuite en avant désespérée.

À l'approche de l'an 2000 il décida d'arrêter. On a dit qu'il était malade, qu'il s'était suicidé parce qu'il ne pouvait plus travailler. Et si ce n'était qu'un prétexte? S'il avait compris qu'il ne pourrait plus peindre? Pas seulement physiquement, mais tout simplement parce que le génie, qui un jour l'avait effleuré, l'avait abandonné depuis longtemps.

Louise de Vilmorin

Louise de Vilmorin

Comme elle avait épousé autrefois un comte hongrois, elle utilisait son titre. Ses domestiques et le personnel du restaurant *Maxim's* ne manquaient pas de l'appeler «Madame la comtesse». Elle habitait Verrières-le-Buisson, une maison élégante précédée d'une cour pavée et prolongée d'un parc dans lequel elle devait être enterrée. Son salon aux meubles tapissés de chintz bleu fut maintes fois photographié. Comme le fut sa salle de bains où un de ses amants grava son nom sur un miroir. C'était Orson Welles. À l'époque dont je parle (les années cinquante), Verrières était une charmante localité que les périphériques, bretelles et autres ronds-points n'avaient pas encore rendue inaccessible. On y allait facilement. Ce n'est pas que Louise y tînt

un salon, mais elle recevait volontiers et, telle
Mme Roland ou Mme du Deffand, faisait monter la conversation au niveau qu'elle avait fixé et
qui était le sien. On y jouait du piano, buvait de
la cerisette. Tout était réuni pour que le temps
fût considéré comme une insulte. Louise était
belle. Les cheveux retenus par deux peignes, le
sourire arrêté dans sa course comme on le voit
dans certains portraits de Gainsborough. D'une
maladie d'enfance elle avait conservé une claudi-
cation élégante dont elle se servait comme une
danseuse prête à s'élancer. Ses mains, on les imagine, mais on voyait qu'elles pouvaient écrire et
jardiner. Son but ultime était la séduction. Elle
en avait fait une règle. Elle fut aimée de beaucoup d'hommes. Les plus célèbres furent Saint-
Exupéry et André Malraux, dont elle entreprit la
reconquête après des années d'oubli. Elle devait
mourir auprès de lui. Elle était proche de ses
frères, surtout d'André. Elle n'aimait pas sa sœur
Mapie. Autrefois Jean Cocteau avait partagé leur
vie, puis leurs liens s'étaient relâchés. Louise ac-
cusait Francine Weisweiller de le lui avoir volé.
Elle l'appelait « la reine des fourmis » et repro-
chait à Jean de s'être sacrifié sur l'autel de l'ar-

gent. L'argent, précisément, tenait une place importante à Verrières. Il y en avait peu. Parfois un ami riche faisait réparer le toit. Un autre le chauffage. Les dîners du dimanche étaient la plupart du temps assurés par un producteur de cinéma. Là, au centre de la table recouverte de blanc, entourée d'amis et de complices, Louise était à son mieux. Les bouteilles attendaient dans les rafraîchissoirs d'argent. Le vent qui venait du jardin caressait les flammes des bougies. Les assiettes étaient décorées de bleu comme l'étaient les coupes chargées de fruits. La chère était excellente, style aristocratie provinciale. Plus vol-au-vent que caviar.

Sa vie fut agitée. Un mariage la retint en Slovaquie. D'un autre, avec un Américain, elle eut trois filles, Jessie, Alexandra et Elena, qui vivaient avec leur père aux États-Unis.

Des amants connus : des écrivains, des journalistes, un ambassadeur de Grande-Bretagne en France, des hommes politiques. Lorsque je la connus, elle avait décroché. Elle avait assez séduit. On l'avait assez courtisée. Elle feignait de s'interroger, elle ne souhaitait qu'être rassurée. Elle pouvait, avec ostentation, tout mettre en doute : sa beauté, son intelligence. Elle savait que ce n'était qu'un jeu et qu'à ce jeu elle sortirait victorieuse. Elle disait que, chez elle, les miroirs étaient des complices. «À Verrières, je me trouve épatante; arrivée à Paris, face à ceux d'Old England, une catastrophe!» Elle prononçait «oldanglan» par coquetterie.

Entre nous deux ce fut un coup de foudre amical, comme il en existe d'amoureux. Elle tenait fort à ses amis : François Valéry, qu'elle attendait devant le plateau du petit déjeuner, qui venait en voisin, de Bièvres, André Beaurepaire, qu'elle avait surnommé Kla-Show, on ne sait trop pourquoi. Elle ne reculait pas devant les déclarations. Elle me dédicaça ainsi un de ses livres, *Le violon* : «22 juillet 1960, chez Alexandre [un bar] à 7 h du soir. À Pierre Bergé. Mon cher Pierre, si je te dis que je t'aime je ne t'en dis pas assez et si je dis que je te préfère je ne te dis que la moitié des sentiments que je ne puis pas taire. Amour n'est rien et préférence est tout. La préférence inspire toute position du cœur et mon cœur est un roc. Je t'aime et te préfère. Je suis à toi, c'est mon vœu. Voilà tout. Ta Louise.» Naturellement son nom était surmonté de son éternel trèfle à quatre feuilles.

Si j'ai reproduit cette dédicace que la modestie réprouve mais que la vérité exige, c'est pour montrer que la mesure n'était pas son fort. En un mot, elle était excessive.

Ensemble nous partîmes pour le Texas. Au retour, à New York, elle devait revoir ses trois filles, pour la première fois depuis des années. J'avais cru qu'elle voulait être seule et le lui proposai. Elle se récria : «Tu ne peux pas me faire ça, tu ne sais pas ce que c'est pour une mère de retrouver ses enfants après si longtemps!» C'est ainsi qu'à l'hôtel Carlyle j'ai assisté, témoin médusé, aux retrouvailles de Louise et de ses trois filles. Nous rentrâmes à Paris et notre voyage américain fut un joli souvenir. Plus tard elle dirait : «Tu te rappelles à New York?»

Un jour, je l'ai conduite en voiture chez Beaurepaire dans un charmant château qu'il possédait près d'Amboise. «On devrait s'arrêter dans un routier, suggéra-t-elle, ils ont toujours du lapin.» Ils en avaient. Elle disait : «J'ai l'œil absolu», comme on le dit de l'oreille et, de fait, avec elle tout était juste. Elle s'habillait avec précision, ajoutait une touche d'Europe centrale. Ai-je dit qu'elle était grande et que grands étaient ses pieds et ses mains? Écrivain, elle l'était et le revendiquait. Son meilleur livre reste *Sainte Unefois* mais il y en a d'autres dont certains laissent échapper un parfum comme lorsqu'on débouche un flacon longtemps oublié. *Madame de* fait partie de ceux-là. Une écriture élégante, des mots simples et toujours cette légère distance aristocratique empruntée à Anna de Noailles. Elle avait des tocades : le coureur cycliste Louison Bobet, Léo Ferré, d'autres. Parfois ça ne durait pas. Elle pouvait parler longtemps de sa jeunesse, de ses amours enfuies, des hommes qui l'avaient quittée. Un jour, elle se mit à pleurer et, pendant qu'elle était allée réparer son désordre, Juliette Achard me dit : « Surtout ne faites rien, laissez-la pleurer, ça la rend tellement heureuse ! » Lorsqu'une contrariété survenait, elle se frappait la poitrine avec le poing, comme on bat sa coulpe, et s'exclamait : « C'est trop injuste ! » Elle accentuait le « trop », le ralentissait pour montrer qu'à la fin elle ne pouvait plus rien supporter.

Elle fut enterrée à Verrières dans le parc de sa maison. Plus tard, André Malraux la rejoignit. Tout était pour le mieux lorsque le président de la République s'avisa de transférer Malraux au Panthéon. Cela donna lieu à beaucoup de mise

en scène, de discours, de musique. Le nom de
Louise ne fut pas prononcé. Savaient-ils même,
les officiels, qui elle était? Qu'elle était un écrivain français, qu'elle avait tenu son rôle, joué sa
partition avec sérieux et fantaisie, qu'elle s'était
parfois enflammée à l'ardeur de la renommée et
que, désormais, elle reposerait seule sous les
arbres de son enfance?

Aragon

Aragon

Fils d'un préfet de police, élevé à Sainte-Croix de Neuilly, Aragon fit de la révolte une règle de vie. Tenu pour un des grands poètes de son temps, il comprit, avant d'autres parmi ses contemporains, que la poésie pouvait accompagner la ferveur populaire, voire la provoquer. Il peignit à sa façon la fresque de la Résistance. Paul Éluard, de son côté, avait remplacé le nom de Nush par celui de liberté, ce qui montre qu'un rêve peut tenir lieu de femme. À moins que ce ne soit le contraire. Mais sa posture réservée ne lui permit pas d'être de plain-pied avec le peuple, qui lui préféra Aragon. Lorsque je le connus il devait tout au Parti communiste : les journaux qu'il dirigeait, sa voiture et son chauffeur, ses vacances en URSS. Il formait avec Elsa un couple mythique, acclamé dans les meetings politiques, accueilli par le Tout-Paris. Penché sur elle, il la guidait dans les théâtres, les cinémas. Il était empressé, protecteur et se comportait en amant. Rue de la Sourdière, derrière l'église Saint-Roch, ils habitaient un petit appartement bohème. Plus tard, rue de Varenne, entre cour et jardin, ils devaient connaître mieux. Lorsque Elsa devint malade et que son cœur refusa les escaliers, il fit installer un fauteuil électrique qui la menait jusqu'en haut. Il disait : «C'est la Rolls Royce d'Elsa.»

Sa vie avec elle fut extraordinaire. Vérité? Roman? Œuvres croisées? Roland Tual les présenta un soir à *La Coupole*; ils ne se quittèrent plus. Il y avait entre eux une complicité flagrante, qu'ils affichaient volontiers. Elle se voulait indulgente, lui provocateur. Avec elle il avait trouvé l'équilibre. Était-ce de l'amour? Rien n'est moins sûr. N'oublions pas qu'il était avant tout un écrivain et qu'il lui fallait attiser le feu de son génie. Il avait déjà élevé l'un des deux piliers du surréalisme, *Le paysan de Paris.* L'autre, *Nadja,* avait été poli avec un soin infini par André Breton. Marceline Desbordes-Valmore lui avait souvent servi de repère. Les poètes parlent toujours la même

langue, Rilke ne disait pas autre chose et, après
tout, Marceline aurait aimé sa musique. Avec
Elsa il avait installé un jeu de miroirs. Il répétait
devant elle, lui faisait confiance. Difficile de savoir qui était le juge de l'autre. Elle était attentive, il était égoïste. Ensemble ils formaient un
couple ni pire ni meilleur qu'un autre. Tel un
poète du Moyen Âge, il avait décidé de tisser une
œuvre autour d'une femme. Il avait célébré ses
yeux, un des blasons du corps féminin. Au-delà
de cette quête il avait voulu élever des forteresses
autour d'eux. On verra comment elles ont finalement cédé! Pour l'heure elles étaient solides. Ils
étaient de toutes les Fêtes de *L'Humanité*, si-
gnaient toutes les pétitions contre les États-Unis,
se refusaient à boire du Coca-Cola, boisson de
l'impérialisme américain. Le ridicule le fit trébu-
cher plusieurs fois mais il s'en tira toujours. Ainsi
dans la querelle Lyssenko – qui prétendait avoir
découvert le blé à plusieurs épis qu'on pouvait
semer à nouveau –, il ne craignit pas d'affirmer
qu'il était scandaleux de comparer un obscur
moine tel que Mendel au «génial Staline». On le
voit, il n'avait peur de rien, il n'avait ni foi ni loi.
Elsa regretta souvent de ne pouvoir aller applau-

dir Nureev, car le Parti ne l'aurait pas permis. Curieuse, elle me demandait : «Est-il vraiment aussi extraordinaire qu'on le dit?» Ils allaient régulièrement en URSS. Là, ils retrouvaient Lili Brik, la sœur d'Elsa, l'égérie de Maïakovski, celle à qui le poète a tout légué le jour de son suicide. Ils laissèrent longtemps planer une ambiguïté : certains croyaient que la maîtresse de Maïakovski avait été Elsa. Plus tard la vérité ne fut plus contredite. Mais Elsa avait traduit le poète et Aragon lui avait ouvert toutes grandes les colonnes des *Lettres françaises*.

Jacques Vaché le 14 novembre 1918 écrivit à Aragon une lettre qui commençait ainsi : «Cher ami et mystificateur.» On peut s'interroger.

Avec le temps, il devint une icône. Élu à l'académie Goncourt, il la quitta avec éclat, car il estimait que, pour son arrivée, on devait accepter son candidat. Il s'agissait de François Nourissier. La démocratie n'était pas son fort.

Puis Elsa mourut. Son cœur, qui chancelait depuis longtemps, finit par céder dans leur moulin à la campagne. On ramena son corps rue de Varenne. Je me précipitai. Il me demanda de répondre au téléphone, de classer les télégrammes.

Il était enfermé dans son bureau, entouré de membres du Parti, de Georges Soria. Lili et son mari Vassia arrivèrent de Moscou. Edmonde Charles-Roux vint à son tour et prit les choses en main. Le discours prononcé par Georges Marchais devant l'immeuble de *L'Humanité* ne manqua ni de tenue ni d'émotion.

Que se passa-t-il alors ? Comment, après la mort d'Elsa et jusqu'à la fin de sa vie, Aragon s'engagea-t-il dans une voie que beaucoup considérèrent comme une déviance ? Ses plus vieux amis ont préféré l'ignorer, n'en pas parler. Pourtant, il frisa souvent le scandale lorsque son homosexualité fut exposée, au vu et au su de tous, qu'il passa une partie de ses nuits dans des lieux de garçons. Certains de ses compagnons, parfois très jeunes, l'accompagnaient avec tendresse, admiration. D'autres par calcul. Il succomba un temps au charme d'un pseudo-écrivain mais vrai arriviste, dont la qualité principale était de séduire les vieux. Ce qu'il réussissait parfois. Il se voulait grivois, il était embarrassant ; drôle, il était gênant. Un soir, dans un restaurant, il désigna le garçon qui nous servait et, à voix haute, me demanda : « Crois-tu qu'il suce bien ? »

Aragon avait tant parlé des femmes! Il avait failli se suicider pour Nancy Cunard. Où était la vérité? Là comme ailleurs, comme il l'avait fait tant de fois, jouait-il la comédie? Ou était-ce maintenant qu'il ne la jouait plus? Comme si *Les yeux d'Elsa* n'avaient été qu'un moyen de faire, si j'ose dire, de l'œil à la postérité. Je ne connais pas la réponse et, après tout, existe-t-elle? Comment oublier sa silhouette de caricature, ses cheveux blancs, presque jaunes, qui tombaient sur les épaules, et ses chapeaux à large bord? Une vieille folle! Je le revois, au bras d'un compagnon d'un soir, se diriger vers la rue de Varenne. Je me rappelle avoir pensé à René Crevel, dont l'homosexualité avait tant choqué les surréalistes, Aragon en tête, et qui finit par se suicider.

Lui et moi, nous nous sommes brouillés, réconciliés, brouillés à nouveau. J'ai probablement eu tort : il ne faut pas réveiller les somnambules, ils risquent de tomber. Il aura survécu douze années à Elsa. Il s'était construit un univers. De toutes pièces. À la fin de sa vie, il était devenu très anti-communiste. Surtout il en avait après l'URSS. Je me souviens de ce déjeuner que j'avais donné pour Lili, de passage à Paris. Il y avait

Aragon naturellement et, plus étrangement, Andy Warhol. Des photos témoignent de cette rencontre : Warhol et Aragon, face à face, qui partageaient tout sauf la langue ; Lili, si belle, si fragile, avec sa natte de cheveux roux retenue par un nœud de velours noir. « N'écoute pas Lili, me disait-il, c'est une menteuse. » Sans doute craignait-il pour sa réputation, celle d'Elsa. Il avait tort, Lili les aimait trop pour dire quoi que ce soit de fâcheux. Elle s'asseyait à ses côtés, le regardait avec tendresse, lui prenait la main et lui murmurait quelques mots en russe. Il ne disait rien mais était agacé. Après tout, Lili lui rappelait Elsa. Les mêmes yeux aux paupières si bien dessinées. Les yeux des sœurs Kagan. Lui, qui était allé si souvent chez elle à Moscou, ne l'invitait jamais. Elle descendait à l'hôtel avec son mari, Vassili Katanian. Elle ne s'en plaignait pas. Il s'était détaché de tout, ou presque, avait su s'entourer d'amis nouveaux. Il a désigné Jean Ristat pour prendre soin de son œuvre. Il a eu raison, même si ce choix a suscité bien des jalousies.

Mais, au-delà des mensonges, des trahisons, des palinodies, comment ne pas le saluer, ne pas reconnaître qu'il sut souvent prendre les positions qui convenaient? Ainsi fut-il le premier à découvrir le génie de Bob Wilson, à comprendre que *Le regard du sourd* était un événement majeur et presque unique. Dans une lettre posthume à André Breton, il écrivit que ce spectacle était la plus belle chose qu'il ait vue de sa vie. Comment ne pas admirer, sans restriction, le poète et l'écrivain qu'il fut? l'auteur d'*Aurélien,* du *Paysan de Paris,* des *Cloches de Bâle,* de *La semaine sainte*? de tant de poèmes parmi les plus beaux de notre langue? Comment pourrais-je oublier ce vers que j'ai lu lorsque j'avais quinze ans, qui me fit découvrir la poésie de mon époque, ce vers digne de Charles d'Orléans, que je n'ai cessé de me répéter depuis : *La rose pour mourir a simplement pâli.*

Chanel

Schiaparelli

Chanel et Schiaparelli

L'une était française, l'autre italienne : un monde les séparait. Chanel occupait la scène depuis longtemps lorsque Schiaparelli survint. L'une parlait de liberté, l'autre de fantaisie. L'une avait le culte du corps, l'autre celui de l'esprit. Elles ne s'aimaient pas, ne s'appréciaient pas, ne s'en cachaient pas. Chanel lorsqu'elle parlait de Schiaparelli disait «l'Italienne». Schiaparelli ne parlait pas de Chanel. Leurs vies, leurs parcours étaient si différents! Chanel conquit de haute lutte sa place dans la mode et dans la société. Elle venait d'un orphelinat et fut toujours obsédée par ce qu'elle appelait la tenue, la politesse envers les autres, le qu'en-dira-t-on. Elle codifia le vêtement, donna un statut aux femmes, se vengea de son enfance malheureuse. Elle libéra la femme mais pas plus haut que le genou. Maîtresse affichée d'un duc anglais, elle ne pouvait qu'être attirée par le cashmere, le cardigan, la jupe à plis. C'était l'époque où les brumes plaisaient plus que le soleil, Biarritz et Trouville plus que Nice et Monaco. La Seconde Guerre mondiale l'écarta de la scène, elle en revint en triomphatrice. Elle ne craignit pas de se mesurer à plus jeune qu'elle (Christian Dior) et parfois le vainquit. Elle reconquit sa couronne et régna à nouveau, car si Dior fut le roi de la mode, elle en fut la reine incontestée. Autrefois, elle avait aidé Diaghilev, commandité les Ballets russes. Avec Pierre Reverdy elle eut une liaison. Il était aussi exigeant dans la poésie qu'elle dans son métier. On veut croire que leur rencontre les conduisit sur des sommets.

Elle disposait d'une cour qu'elle modifiait à sa guise. Elle m'offrit de diriger sa Maison. Le contrat était prêt, m'attendait, je n'avais qu'à inscrire le chiffre. Au lieu de cela, je lui ai envoyé des fleurs. Blanches comme elle les aimait. Me le pardonna-t-elle? Nous demeurâmes amis. Elle ne pouvait pas entendre dire du bien d'un autre couturier. «Vous êtes trop intelligent pour croire que Balenciaga a du talent!» me disait-elle. Les épithètes sifflaient comme des flèches, atteignaient leur but. Finalement, elle était seule : la méchanceté isole. La plupart de ses amis étaient morts, elle n'avait pas la force d'en trouver de nouveaux. Entre sa maison de couture et l'hôtel Ritz où elle habitait, le chemin était long. Pourtant il n'y avait que la rue à traverser, mais on pouvait demeurer longtemps sur le trottoir avant qu'elle ne se décidât à rentrer. La solitude l'effrayait. Un matin, elle ne se réveilla pas.

Ce qu'il y a de bien avec la mode c'est que, parfois, elle permet de survivre. Aujourd'hui, il suffit de voir défiler dans certaines collections des clins d'œil, des échos, des allusions pour penser à elle et se dire que, d'une certaine manière, elle est toujours vivante.

Elsa Schiaparelli n'est pas de cette famille. Familière des artistes, subjuguée par les surréalistes, elle dessina un chapeau en forme de côtelette qu'elle mit sur la tête de Daisy Fellowes. Pour elle, la mode était un art, pas un discours social. Ses amis s'appelaient Max Ernst, Salvador Dalí et elle entendait bien être admirée d'eux. L'Italienne avait amené avec elle les malles de la commedia dell'arte pleines d'artifices. On cria au scandale. On cria au génie.

Cette bourrasque bouleversa tout. Si la liberté n'était pas le credo d'Elsa, la jeunesse, en revanche, l'était. Elle rajeunit la silhouette, osa des accessoires mystérieux, des broderies venues de Bakst. En un mot elle était imprudente. Le bon genre n'était pas son affaire. Elle précéda son temps, abolit les notions de bon et de mauvais goût. Il lui fallut de l'audace, à cette étrangère, pour affronter Paris, lancer des modes insolentes, des parfums provocants. Lorsque je la connus, elle avait cessé toute activité, vivait rue de Berri dans un hôtel particulier qui, disait-on, avait appartenu à la princesse Mathilde. Elle recevait dans des déshabillés de soie. Sa salle à manger avait été décorée par Vertès, un peintre autrefois à la mode. Elle se murait dans une solitude exigeante. Son temps était passé et ses extravagances n'étaient pas encore revenues à la mode. Elle devait assister, spectatrice, au succès de Chanel. Elles avaient été concurrentes, adversaires, voire ennemies. Aujourd'hui, Schiap – comme on disait – avait dû baisser les bras. Comme d'autres avant elle, d'autres après elle. Être abandonnée par le succès, c'est comme voir un amant courir chez une autre femme. Elle avait un œil de sorcière, souligné de noir, qui pouvait lancer le mauvais sort. Elle marchait avec difficulté, s'engageait à pas comptés vers la fin. Dès la première collection d'Yves Saint Laurent, elle s'habilla chez lui pour marquer son choix de la jeunesse, lui resta fidèle.

Le destin de ces deux femmes se superposa. Se croisa-t-il? On peut en douter. Chanel naquit en 1883. Elle avait vingt ans à la guerre de 1914. On reste sans voix! Schiaparelli, plus jeune, était née en 1890. En 1954 le destin frappa encore : Chanel rouvrit sa maison de couture qui devait la conduire au triomphe; Schiaparelli ferma la sienne et entra lentement dans l'oubli. Elles disparurent à deux ans d'intervalle : Chanel en 1971, Schiaparelli en 1973. Trente ans déjà! Une éternité. Aujourd'hui elles seraient d'accord sur tout, n'auraient pas de mots assez durs pour flétrir la mode, se scandaliseraient devant les audaces de certains. Elles en oublieraient leur rivalité, réuniraient leurs forces pour partir en croisade au nom de l'élégance, de la beauté – mots qu'elles avaient toujours méprisés – et ne s'étonneraient pas d'être rappelées pour servir à nouveau ce métier qu'elles avaient tant aimé, qu'elles avaient entièrement transformé, d'une certaine manière inventé, et qu'elles ne reconnaîtraient plus.

Lili Brik

Tatiana Yakovleva

Lili Brik, Maïakovski et Tatiana Yakovleva

Si je n'ai pas, à proprement parler, pourchassé le destin, il m'a souvent fait signe. De fait, comment expliquer autrement que je fus l'ami, à des milliers de kilomètres de distance, des deux femmes qui occupèrent une place si importante dans la vie de Maïakovski? Lili, la Russe demeurée russe, et Tatiana, la Russe devenue américaine. À cette époque, Paris était plus près de New York que de Moscou, donc je vis Tatiana très souvent. Elle avait épousé le directeur artistique des Éditions Condé-Nast, Alexander Liberman, de dix ans son cadet, qu'elle avait connu à Moscou après la Révolution. Alex, comme on l'appelait, avait été élevé dans un collège chic en Normandie, parlait trois langues avec élégance et aurait voulu être un artiste. Il n'avait qu'une passion, Tatiana, qu'il attrapa à

Moscou quand il avait neuf ans et dont il ne guérit jamais. Elle venait de plus loin. Lorsque Maïakovski la rencontra, sa célèbre liaison avec Lili avait atteint le moment de la routine. Il fut séduit, elle fut flattée. Il était le plus grand poète de son temps, elle était intelligente et belle. Les ingrédients étaient réunis.

Lili, elle, venait d'ailleurs. Les sœurs Kagan réunissaient la culture, la beauté, le talent, l'intelligence. En un mot elles étaient imbattables et allaient devenir Lili Brik et Elsa Triolet. Modernes avant leur temps, elles savaient que la séduction était leur commerce, la retenue leur vertu. Elles ne croyaient qu'aux forces de l'esprit, dédaignaient toutes les autres.

Avec Maïakovski, Lili vécut un amour de légende. Il était beau comme un constructeur de Fernand Léger, elle était mêlée à la Révolution, et leur jeunesse leur tenait lieu de projet. Le mari de Lili protégea avec bienveillance cette passion et, sans jamais tomber dans un «ménage à trois», ils vécurent ensemble. Bien après la mort de Maïakovski, Lili était considérée comme un personnage historique. On pourrait dire un mythe. Dans les rues de Moscou elle provoquait l'étonnement. Sa

chevelure flamme, qu'elle confiait à un coiffeur du
Bolchoï – où en aurait-elle trouvé sinon là ? –, se
terminait par une natte retenue par un ruban de
velours. Elle était mieux qu'élégante. Au milieu de
la foule grise qui se hâtait, elle promenait une aristocratie paisible. On venait la voir de partout : des
chercheurs qui travaillaient sur Maïakovski, des
écrivains, des artistes qui se retrouvaient dans
sa datcha de Peredelkino, des amis étrangers qui
lui apportaient des vêtements et des vivres. Je me
souviens d'un déjeuner dans cette datcha, un dimanche, où nous mangeâmes des gélinottes
comme dans une nouvelle de Tourgueniev. Elle
préparait elle-même une vodka au cassis, qu'elle
offrait. Je ne l'ai jamais interrogée sur la Révolution, le communisme. Elle avait assez souffert.
J'imagine qu'elle avait placé tous ses espoirs dans
un changement de société, que la chute fut terrible.

Tout autre était Tatiana. Nièce d'un peintre célèbre en Russie, Alexandre Yakovlev, elle avait fré-
quenté les milieux aristocratiques. La Révolution
représentait tout ce qu'elle pouvait redouter et on
ne sut jamais si elle avait fui le régime ou Maïakovski. Un jour il la vit dans les bras d'un comte

français, attaché d'ambassade. S'en consola-t-il?
Toujours est-il qu'il écrivit un admirable texte, la
Lettre à Tatiana, qui ne fut publié que plus tard.
On a beaucoup parlé des raisons de son suicide.
Qui faut-il accuser? Le Parti communiste? Tatia-
na? Ce qu'on sait, c'est que dans sa lettre d'adieu
il recommande de remettre tous ses papiers aux
Brik, assure Lili de son amour, avant de terminer
par cette phrase éloquente : «Surtout pas de ra-
gots, le défunt avait horreur de ça.»

L'attaché d'ambassade épousa Tatiana, avec qui
il eut une fille, Francine, avant de disparaître
pendant la guerre aux commandes d'un avion
qui ne fut pas retrouvé.

C'est alors que Tatiana et Alexander Liberman
se retrouvèrent, par hasard, sur les routes de
France envahies par l'exode. Ce fut bientôt New
York, où ils se marièrent, vécurent une vie mi-
mondaine, mi-intellectuelle. Leur maison de
Manhattan accueillait tous les Français de passage et nombre d'écrivains, de peintres, de sculp-
teurs, d'acteurs. Ils ne retournèrent jamais en
Russie – à l'époque l'Union soviétique. Ils détes-
taient le passé, la nostalgie, vivaient au présent.
Ils ne mentionnaient jamais ni Lili ni Maïa-

kovski. Lorsque Tatiana apprit que j'avais rencontré Lili, que nous étions devenus des amis,
elle sourit avec une ombre de tristesse et me dit :
« Elle doit te dire du mal de moi. » Je la détrom-
pai. Je lui ai montré des photographies de Lili
que j'avais prises à Moscou. Elle la trouva belle.
Un jour, à Paris, alors que je devais aller retrouver Lili, elle me dit : « Je vais te donner une lettre
pour elle. » La veille de mon départ, alors que je
m'enquérais de la lettre, elle me répondit : « J'ai
réfléchi, je n'écrirai pas, donne-lui cela, elle comprendra. » Il s'agissait d'un petit paquet de papier
de soie noué par une ficelle que je remis à Lili
dès mon arrivée. Elle le défit avec précaution.
C'était un mouchoir, de couleur blanche. Lili me
dit : « Dites merci à Tatiana et dites-lui que j'ai
compris. » Nous n'échangeâmes pas d'autre parole. D'où venait ce mouchoir ? À qui avait-il appartenu ? À Maïakovski ? Était-il seulement un
symbole ? Je ne l'ai jamais su.

Lili devait se suicider à Moscou en 1978, deux
jours avant que je n'y allasse comme nous en
étions convenus. Tatiana eut une fin douloureuse,
entourée d'infirmières. Elle mourut à New York
en 1991. Elle fut enterrée à la manière russe, dans

un cercueil qui laissait voir le visage. Elle était belle encore. J'ai pensé à Lili, à Maïakovski. Je me suis dit qu'un moment d'une histoire venait de s'achever. J'ai pensé au mouchoir qu'elle m'avait confié. Comment l'avait-elle conservé? Pourquoi était-il avec elle, à Paris? Elle voyageait donc avec, ne le quittait pas? Et s'il avait vraiment appartenu à Maïakovski, si Lili l'avait serré dans sa main, ou s'il avait étouffé sa plainte avant de tout quitter? Comme un pan de souvenir auquel on se raccroche. Un souvenir qui vient de si loin, qui a traversé le temps, les pays et la vie.

SPICILÈGE

Céline

Céline

Les chiens aboyèrent et se jetèrent sur la grille lorsque nous arrivâmes à Meudon, rue des Gardes, pour rencontrer Louis-Ferdinand Céline. La lecture du *Voyage* m'avait terrassé lorsque à quinze ans j'ai découvert ce qu'était l'écriture, comment on pouvait tordre les mots, faire jaillir des images, des épithètes et cracher à la face du monde. À cette époque je ne savais rien de Céline, de sa vie, de son comportement pendant la guerre. L'antisémitisme m'était inconnu. Aussi lorsque Daragnès, trois années plus tard, m'apprit qu'il récoltait un peu d'argent pour l'envoyer à Céline, au Danemark, je mis la main à la poche, même si elle était presque vide.

Lorsque Céline revint en France, j'avais, bien sûr, tout appris, mais mon admiration pour l'écrivain était restée la même. Aussi, lorsqu'on m'offrit de le rencontrer, je ne pouvais qu'accepter avec joie. Que dis-je? Avec fébrilité! Pensez: c'était comme rencontrer Proust, Genet, Claudel, Valéry. Ce que j'avais déjà fait avec Giono. Je dois avouer que je n'éprouvais aucun dégoût, aucun rejet. Flaubert s'était dressé contre la Commune, d'autres contre Dreyfus et Péguy aimait les «justes guerres». Ce qu'a fait Céline est impardonnable, mais qui parle de pardonner? Donnons plutôt la parole à D. H. Lawrence : «Ne faites aucune confiance à l'artiste. Faites confiance à son œuvre. La vraie fonction d'un critique est de sauver l'œuvre des mains de son créateur.»

Ne nous y trompons pas : en me rendant chez Louis-Ferdinand Céline, j'allais à la rencontre d'un des plus grands écrivains français, pas à celle d'un saint. Je ne fus pas déçu! Une espèce de pavillon, des chiens qu'il fallut enchaîner, le chat Bébert qui n'avait plus qu'un œil, après avoir parcouru la moitié de l'Europe, sa femme, Lucette Almanzor, belle et secrète, et lui, Céline, médecin de campagne et écrivain maudit, qui se prétendait la victime de tout, de tous, de Gallimard, des communistes, des Juifs, de la terre entière. Il devait se protéger : ses chiens ne servaient pas à autre chose. Dieu sait s'ils coûtaient cher à nourrir!

Je me rappelle la fascination qui s'est emparée de moi. Je le regardais, étonné de son allure négligée, presque sale, alors qu'il avait écrit sa thèse sur Semmelweis, l'homme de l'aseptisation. Je n'ai rien noté de cette conversation. Aujourd'hui je le regrette. Au détour d'une phrase, après qu'il eut dit tout le mal qu'il pensait de ses confrères, je lui ai demandé s'il avait lu Henry Miller. «Miller? Miller? s'interrogeat-il, encore un de mes petits plagiaires!» Je lui ai dit que non, que c'était mieux que ça, que grâce au *Voyage* des écrivains comme Miller existaient, qu'il devait en être heureux, fier, que c'était lui qui avait ouvert les portes du langage, que les mots s'étaient envolés comme des oiseaux retenus prisonniers. Ça ne l'intéressait pas. Il était l'objet d'un complot, n'en démordait pas. Pourtant il détestait les Allemands, les avait toujours haïs. Il disait «les boches». Quant à Hitler, il n'avait pas assez de mépris pour en parler.

Il nous raccompagna jusqu'à la route, le soir tombait, les chiens aboyèrent de nouveau. Il ferma soigneusement à clef la grille du jardin, nous salua de la main une dernière fois puis alla rejoindre ses fantômes.

Garry Davis

Garry Davis et Pierre Bergé

Je ne savais pas, ce matin-là, alors que je dé-
ambulais avec Guy Marchand, que j'allais faire
une rencontre qui, d'une certaine manière, chan-
gerait ma vie. Il s'agissait de Garry Davis, cet
aviateur américain qui, après avoir bombardé
quelques villes françaises, décida de créer le Mou-
vement des citoyens du monde. Lorsque nous le
rencontrâmes, il installait une tente de camping
place du Trocadéro, devant le Palais de Chaillot,
qui était alors le siège de l'Onu.

On peut à peine imaginer ce que fut ce mou-
vement, l'enthousiasme qu'il souleva, les espoirs
qu'il fit naître. On sortait de la guerre et, pour la
première fois, un vent de révolte se levait. Contre
la guerre, bien sûr, mais aussi contre ceux qui,
depuis la conférence de Yalta, partageaient le

monde à leur guise. Le mérite de Garry Davis fut d'avoir compris que l'utopie pouvait mobiliser les volontés, qu'elle seule balisait le futur, comme le compas indique le cap. D'avoir compris que sans utopie il n'y a plus de rêve, mais des calculs où le pragmatisme le dispute au renoncement. J'avais dix-huit ans et mes pérégrinations chez les anarchistes m'avaient appris à me méfier des pouvoirs. Je n'ai pas changé. Comment tout cela s'organisa-t-il? Toujours est-il qu'en quelques semaines des meetings monstres furent tenus dans toute la France; à Paris, au Vél d'Hiv, vingt mille personnes furent prêtes à brûler leurs papiers d'identité et à se déclarer citoyens du monde. À la tribune, on pouvait voir côte à côte Sartre et Breton, Queneau et Beauvoir. D'autres, beaucoup d'autres...

Je publiai un journal, *La patrie mondiale,* qui, faute d'argent, ne connut que deux numéros. Il fut décidé d'envahir l'Onu, d'y distribuer des tracts. Les rôles furent répartis. Tout fut organisé. Garry Davis, au premier rang du balcon, se leva, interrompit le représentant de l'URSS qui parlait, lut une déclaration pendant que nous jetions tracts et journaux. La police intervint, chacun s'enfuit. Trois furent arrêtés : Albert Camus, Jean-François Armorin et moi. On nous enferma dans une cellule et au petit matin on nous libéra. Nous allâmes boire un café à la *Brasserie du Coq* et nous nous séparâmes.

J'ai gardé de cette nuit un souvenir vif. À cause de Camus, bien sûr, mais aussi parce que nous nous étions confrontés à la réalité. Ainsi, on pouvait interrompre une séance de l'Onu ? s'y faire entendre ? empêcher le représentant de l'URSS de s'exprimer ?

Comme toujours les choses commencèrent à s'enliser. Les drapeaux furent mis en berne. Garry Davis n'avait pu fédérer autour de sa personne ceux qu'il espérait. La politique reprit sa route. C'était la IVe République et son cortège de chausse-trappes, de trahisons. Le temps où gaullistes et communistes pouvaient marcher du même pas.

Guy Marchand est demeuré mondialiste jusqu'à la fin. Mort il y a peu. Il fut fidèle à sa jeunesse, c'est-à-dire à lui-même. Il m'arrive de revoir Garry Davis. Lui non plus n'a pas renoncé. Il continue à militer. Privé de passeport, il voyage malgré tout, avec des moyens de fortune, des ruses de Sioux. Il continue à défendre ses convictions. Son regard bleu, moins naïf qu'il ne paraît, me rappelle cette époque où François Mauriac, qui s'était tenu à l'écart, nous interpella et nous accusa de croire qu'il suffisait de mettre du sel sur la queue d'une colombe pour l'attraper.

Et si c'était vrai ?

Pierre Mac Orlan

Francis Carco

Pierre Mac Orlan et Francis Carco

Mon premier travail, je le dois à Richard Anacréon. C'est chez lui que j'ai appris le beau métier de libraire, que je connais toujours. J'étais courtier. Le matin je dénichais des livres que je vendais l'après-midi. À cette époque, comme l'écrit Antoine Blondin, la Seine n'était pas «un fleuve qui coulait entre des livres soldés». On y faisait des découvertes. C'est chez Anacréon que j'ai rencontré pour la première fois Pierre Mac Orlan et Francis Carco.

Mac Orlan, dont le vrai nom était Dumarchey, ne parlait pas un mot d'anglais et pourtant avait fait siens tous les goûts d'outre-Manche : le rugby avant tout, la boxe, les culottes de golf et les bonnets de laine à pompon. Sans oublier la pipe qu'il bourrait de tabac parfumé, ni son

chien qui était un bull-dog. Au-delà de ces parti-
cularités, il était un grand écrivain. Lui aussi,
comme Giono, Faulkner, avait expérimenté les
voyages immobiles et son *Manuel du petit aven-
turier* est un chef-d'œuvre. Il avait lu Marcel
Schwob, partageait son admiration pour Stevenson. Il vivait à Saint-Cyr-sur-Morin avec sa
femme Marguerite et sa chienne Rosette. Il
jouait de l'accordéon et possédait deux tableaux
d'Utrillo de la période blanche. Il entra à l'académie Goncourt, encouragé par Francis Carco,
où il succéda à Lucien Descaves. C'est alors que
je le connus. Il venait à Paris chaque semaine et
déjeunait toujours au même endroit, rue Chris-
tine. Il écrivait des chansons qui vantaient les
mystères de Brest et de Marseille. Des histoires
de filles de joie et de mauvais garçons, comme
on disait. Parfois, dans ses romans, on pouvait
naviguer loin. Il me témoigna de l'amitié, me fit
dresser sa biographie, écrire l'introduction au
numéro de *Biblio* qui lui était consacré. Il fut
content de ce texte.

La vie nous sépara. Je ne lui ai pas dit que je
l'aimais bien, que j'étais touché par son physique
de cinéma muet, par sa réelle connaissance de la

littérature. Pourtant c'était vrai. De fait, s'il ne fut pas de la cordée de ceux qui gravirent l'Himalaya, comme Céline, Proust, Claudel et quelques autres, il n'empêche qu'il fut un véritable écrivain. On ne le sait pas, on a tort.

Il en fut de même avec Francis Carco, son meilleur ami. Le personnage était bien différent. Il portait des costumes bleu marine à rayures larges et claires. L'hiver, il recouvrait ses chaussures de guêtres. La raie sur le côté, la mèche alourdie de gomina, les yeux petits et perçants, l'embonpoint provincial, la réputation sulfureuse, il avançait à petits pas et aurait eu mauvais genre si ce n'avait été celui de toute une époque et si ne s'était dégagé de lui une autorité naturelle.

Lui aussi, mais d'une manière différente, était le chantre de la vie interlope. *Jésus la Caille* connut son heure de gloire. Il était un bon poète avec des relents, même lointains, de Nerval. Celui de *Sylvie*. Il fit obtenir le prix Goncourt à Elsa Triolet et, à sa mort, il eut droit à de vibrantes pages d'Aragon. Il aimait, comme tant d'autres, ce qu'il est convenu d'appeler « les peintres de Montmartre », se trompa souvent. Il vécut une belle histoire d'amour avec Katherine

Mansfield, plus tard une autre avec sa dernière femme, Éliane, une Égyptienne qui quitta pour lui mari et enfants. Gaie, plantureuse, elle collectionnait les opalines. Plus tard, après la mort de Carco, elle vendit, pour vivre, des nappes qu'elle brodait.

Lui aussi me montra de l'amitié. Pour me faire gagner un peu d'argent, il me demanda de l'aider à organiser le dîner qu'il voulait donner pour sa promotion de commandeur de la Légion d'honneur. Cela dura bien quinze jours, entre les réponses qui n'arrivaient pas et les placements à table, qu'il modifiait sans cesse. Finalement, au premier étage d'un restaurant de la place Pigalle se retrouvèrent ceux qu'il avait choisis. Nous étions une bonne centaine. On dansa. Il ouvrit le bal avec Lucie Valore, autrement dit Mme Maurice Utrillo. C'était une java, évidemment.

Que tout cela paraît lointain! Ce n'est pas le temps qui nous éloigne des choses, seulement nos habitudes. Ce dîner n'aurait pas lieu aujourd'hui. Nous aurions l'air, place Pigalle, de touristes déversés par des autocars. Mac Orlan ne porterait plus ses tenues mi-Tintin mi-Sherlock Holmes. Fumerait-il même la pipe?

Ces souvenirs, je les conserve avec soin, comme les premières lettres d'amour qu'on a reçues, qu'on se garde bien de relire, qui n'ont plus la moindre importance, mais qui contiennent ce à quoi nous tenons le plus : un moment de notre jeunesse.

Marguerite Duras

Marguerite Duras

Marguerite Duras se savait un grand écrivain et voulait que ça se sache. Elle disait : « Il n'y a eu que dix femmes écrivains dans le monde, je suis une des dix. » Elle ne se reconnaissait pas de rivale, avait le dédain facile, l'invective prompte. Elle ne croyait qu'au pouvoir, aimait l'argent. De ses livres, elle a tiré des scénarios de film, des pièces de théâtre. Elle avait le sens inné du dialogue. Son intelligence était exceptionnelle. Au plus profond de sa nuit, agrippée par l'alcool, c'est elle qui l'a sauvée. Et Yann Andréa, qui fut exemplaire. Lorsque j'ai produit *Le Navire Night* nous nous sommes vraiment connus. Je l'ai aimée d'emblée. Elle, il lui a fallu plus de temps. Un soir, alors qu'elle jouait une de ses pièces et que je la félicitais, Madeleine Renaud me dit : «Ah, tu aimes ça? Moi, je n'y comprends rien.» J'aime les acteurs sans prétention.

À Paris, elle habitait un petit appartement rue Saint-Benoît. Elle disait : «Je dois faire mon lit tous les matins, sans cela je ne peux pas travailler.» Lorsque je l'ai interviewée pour le magazine *Globe* après la réélection de Mitterrand en 1988, elle m'a dit : «À la Maison de l'Amérique latine, lors de la réception qui suivit, un jeune homme s'est appuyé sur moi. J'ai senti qu'il bandait. Je n'ai pas bougé. Autrefois on se branlait sur Brigitte Bardot, aujourd'hui c'est sur Duras.» Il n'y avait pas d'humour dans ses propos. Juste un constat. Elle était mégalomane, mais quel artiste ne l'est pas? En tout cas, aucun de ceux qui brassent les mots, les couleurs, les notes et d'autres choses encore avec une volonté de démiurge. Elle était malheureuse, comme les vrais artistes. Il faut fuir les mégalomanes heureux : ils n'ont pas de talent.

Elle avait une amitié profonde pour François Mitterrand. Ils se connaissaient depuis la Résistance. Sur ce chapitre, on ne pouvait rien lui apprendre. Elle plaçait la fidélité au-dessus de tout. Elle était fidèle à son camp, à son clan. Elle aimait *ses* metteurs en scène, *ses* comédiens, *ses* théâtres. Elle avait *son* public. Il lui fut fidèle, lui aussi. Il savait que derrière l'écrivain il y avait une femme de convictions qui avait mené des combats, ne s'était pas trompée. En tout cas, moins que d'autres. Elle était devenue laide alors que les photos révèlent une enfant et une adolescente pleines de charme. Le savait-elle ? En souffrait-elle ? Il faudrait demander à Yann.

Je l'ai admirée plus qu'aucune autre femme écrivain de notre siècle. Elle n'avait aucun snobisme ; ne faisait pas dans le nouveau roman comme d'autres dans la nouvelle cuisine ; ne pleurnichait pas sur les amours rancies en roulant les *r* avec un accent bourguignon. Elle menait avec courage son métier d'écrivain, savait qu'elle survivrait aux modes et que son œuvre se lirait à l'égale des plus grandes.

Les Rostand

Maurice Rostand et Rosemonde Gérard

J'ai connu Maurice Rostand et sa mère, Rose-monde Gérard (la veuve d'Edmond), à dix-huit ans, lorsque je suis arrivé à Paris. Maurice portait beau. Le cheveu vaporeux teinté de rose, l'œil souligné de bleu, le jarret cambré, les mains qui voletaient. Sa mère, très âgée, remontait ses joues avec du spara-drap qu'elle se collait sur la tête, dissimulé par une perruque. Sa bouche avait presque disparu, pour-tant, avec un bâton de rouge, elle se dessinait au milieu du visage comme une cerise. Petite, elle portait des robes longues. Sur sa perruque nichaient deux oiseaux, les pattes prises dans une voilette, qui se frottaient le bec. Ils habitaient ensemble un rez-de-chaussée conventionnel, chaussée de la Muette, qui donnait sur un jardinet qui les séparait du trottoir. Il flottait autour de leur couple une rumeur d'inceste. Le fait est que lorsque Rosemonde mourut Maurice devint fou et termina sa vie à Ville-d'Avray, chez son frère Jean, dans un état pitoyable.

On ne les voyait jamais l'un sans l'autre. Ils sortaient tous les soirs, assistaient à toutes les générales. Le premier mercredi de chaque mois, elle recevait. On pouvait croiser Arletty et François Mauriac, qui prenaient soin de s'éviter. Les Rostand m'accueillirent avec bienveillance. Elle me parlait d'Edmond Rostand, disait qu'il détestait les mondanités, qu'un jour, à Arnaga, leur maison du pays basque, alors qu'elle le cherchait, car ils étaient en retard, elle l'avait trouvé plongé tout habillé dans sa baignoire, le chapeau sur la tête. «Ainsi, vous ne m'emmènerez pas chez ces raseurs!» Un jour – j'avais été absent quelques semaines –, comme je m'étonnais que les poils de son chien, un chow-chow noir, aient repoussé, elle me dit : «Vous avez vu? Vous vous rappelez cette pelade qui ne guérissait pas? J'en ai eu assez des vétérinaires, j'ai trouvé une image de sainte Thérèse – vous savez que c'est grâce à elle que Maurice a recouvré la foi à Lisieux – je l'ai frotté tous les jours avec. Voilà le résultat!»

Maurice avait suivi les traces de son père : poèmes et pièces de théâtre se succédaient. C'est ainsi que j'ai vu, ivre morte, Yvonne de Bray jouer *Catherine Empereur* à l'Odéon. On dut interrompre la représentation. Il obtint de mauvaises critiques pour une *Madame Récamier* heureusement oubliée. Il fit front : tous les jours au théâtre Monceau, avant le lever du rideau, il lisait un poème qui attaquait le critique du *Figaro*. Cela ne changea rien, on s'en doute, au destin de la pièce. Le soir, vers six heures, il conviait quelques amis. Il avait le goût de la conversation. On était assis en cercle devant un piano à queue au-dessus duquel trônait le portrait de Rosemonde Gérard par La Gandara. Des vers de Mallarmé – *La chair est triste, hélas, et j'ai lu tous les livres* – s'enroulaient autour d'un abat-jour. En veste blanche, un valet de chambre approximatif offrait des biscuits et du Kina-Roc. C'était une boisson apéritive qui n'existe plus. Les Rostand non plus.

Diana Vreeland

Diana Vreeland

Diana Vreeland était née à Paris mais ne parlait pas le français. Lorsqu'elle déclinait son identité, elle disait : « Vreeland, avec un V comme
violence, comme victoire. » Comment était-elle
devenue une des personnalités les plus en vue de
New York ? Il y a plusieurs réponses.

Elle n'était pas belle mais il se dégageait d'elle
une espèce d'aura qui la distinguait immédiate-
ment. Certains l'appelaient « le Toucan ». C'est
vrai qu'elle ressemblait à cet oiseau. Ses cheveux
de jais étaient tirés et laqués comme ceux d'une
Japonaise. Noirs également étaient ses yeux, où
s'allumait une flamme d'intelligence et d'ironie.
Elle avait dirigé des magazines de mode, puis
avait pris la tête du département des vêtements
au Metropolitan Museum de New York. C'est

alors qu'elle devint célèbre. Ses expositions faisaient courir la ville tout entière. Ses amitiés allaient de Jackie Kennedy à Truman Capote et à
Andy Warhol, mais elle ne négligeait aucun
peintre ou écrivain inconnu, pourvu qu'il ait du
talent. Veuve depuis longtemps, elle habitait un
appartement rouge, tel un grand oiseau dans une
cage chinoise. Le monde entier y passa. Sa gouvernante française était la championne de la
crème brûlée. Elle buvait sec. De la vodka uniquement. Elle était la dignité faite femme. Et le
courage. Elle était déjà vieille lorsqu'elle prit la
direction du musée. Ses amis avaient été Balenciaga, Schiaparelli, Christian Dior, Chanel. Elle
connaissait tout cela par cœur et cette fonction
lui allait comme un gant. Elle aimait la modernité au-delà de tout. Elle avait une passion pour
Élisabeth d'Autriche, pourtant le passé n'était pas
son repère.

Conservatrice par nécessité dans son métier,
elle ne l'était pas dans sa vie. Elle était ouverte à
toutes les formes de la création. Elle questionnait
avec passion, voulait tout connaître, tout savoir
de ce qui se passait à Paris, à Londres, à Tokyo.
Elle sortait tous les soirs, adorait les restaurants,

les boîtes de nuit. Elle était infatigable, épuisait ses collaborateurs, ne cédait jamais, imposait une loi d'airain. Elle détestait les flatteurs, les repérait vite, n'aimait que les artistes, ou les amis. C'était souvent les mêmes.

Après sa mort, on se réunit dans la chapelle gothique du Met. Sa famille me demanda de parler. Je le fis en français car il me semblait que pour accompagner celle qui était née à Paris, et qui en était fière, aucune autre langue n'aurait convenu.

Elle avait régné sur la mode, sur les modes, pendant des années. Certes, les choses changent, rien n'est éternel, mais, on a beau dire, il y a des gens qui sont irremplaçables.

Rudolf Nureev

Rudolf Nureev et Erik Bruhn

Il est né dans un train. Tolstoï est mort dans une gare. Cette coïncidence m'a toujours troublé. On le sait, il prit la liberté à Paris et son premier rôle, alors, fut l'Oiseau bleu dans *La Belle au Bois dormant*. Je ne vais pas répéter après tant d'autres qu'il était admirable ni que les mots sont impuissants à décrire ce qui se passait. Au cours d'un dîner qui nous réunissait, Jerome Robbins, qui repartait le lendemain pour New York, eut envie d'aller le voir sur-le-champ. Je téléphonai au Théâtre des Champs-Élysées, on nous plaça debout au fond d'une loge et nous arrivâmes à temps pour voir l'entrée de Nureev. Après ses variations, la salle l'acclama debout, à n'en plus finir : ce délire que seuls les danseurs et les chanteurs savent provoquer. « Retournons à notre dîner, me dit Robbins, je ne suis pas impressionné. » Je restai sans voix, et durant toutes les années pendant lesquelles je devais le revoir, nos rapports ne furent jamais naturels. Il savait que je n'avais pas oublié et, de fait, je continue à croire qu'une telle erreur de jugement est irréparable. Quoi qu'on en ait dit, un peu comme Gide et Proust.

Rudolf était solaire, c'est-à-dire qu'il rayonnait. Sa beauté coupait le souffle et affirmer qu'il fut le plus grand danseur de son temps est au-dessous de la vérité. Il fut *la* danse, comme Callas fut *le* chant. D'ailleurs, n'écoutons pas ceux qui font des réserves sur l'un ou sur l'autre. Ils avaient tout simplement du génie. L'un et l'autre n'avaient qu'à apparaître.

La rencontre de Nureev avec Margot Fonteyn fut exemplaire. En elle, il rencontra une danseuse d'exception qui ne chercha jamais à tirer parti de sa gloire mais, au contraire, lui permit de donner libre cours à son talent. Il la respectait et la fréquenta jusqu'à la fin.

Le danseur qui l'impressionna le plus fut sans conteste Erik Bruhn. Leur histoire d'amour fut assez brève, mais jamais l'admiration ne céda. Je me souviens des cours de danse qu'ils prenaient ensemble à Copenhague chez Vera Volkova. Je n'oublierai jamais ces deux garçons si beaux, portés par la passion de leur art, qui allaient au bout de leurs forces, au bout d'eux-mêmes, s'arrêtaient, épuisés, s'allongeaient sur le sol, inondés de sueur, incapables de se relever.

J'ai vu Rudolf dans tant de ballets, dans tant de pays, dans tant de circonstances qu'aujourd'hui mes souvenirs se brouillent. Mais lui, comment l'oublier? Son visage beau et arrogant, la lèvre fendue par un léger bec-de-lièvre qui, sur lui, ressemblait à une cicatrice laissée par une lame. Son côté animal, si moderne, que personne avant lui n'avait sublimé à ce point. Certes, il aurait dû quitter la danse plus tôt, mais avoir allié tant de génie à tant de rigueur, à tant de liberté, l'exonère de bien des reproches.

À l'Opéra de Paris, *La bayadère* fut le dernier ballet qu'il chorégraphia. Incapable de tenir debout, c'est assis dans un fauteuil, coiffé d'un bonnet de laine, qu'il reçut les acclamations d'une salle en délire, étranglée par l'émotion, qui devinait que sa fin était proche. Il ne put rester longtemps au souper qui suivit. Le chemin fut long pour regagner sa voiture. Je l'aidai à s'asseoir. Nous nous embrassâmes. À travers la vitre, il me fit un signe de la main et partit à tout jamais.

Au cimetière russe de Sainte-Geneviève-des-Bois il repose désormais au milieu d'autres Russes qui, comme lui, ont un jour fui leur pays pour trouver la liberté et vivre et mourir sur la terre de France.

Danielle Cattand

Danielle Cattand

C'est avec elle que j'ai créé ces Lundis musicaux de l'Athénée devenus inoubliables. Cette idée de n'inviter que des chanteurs allait de soi, puisque l'opéra et le chant ont toujours occupé chez moi une place importante. Mais ma rencontre avec Danielle décida de tout. Jean-Pierre Grédy m'avait longuement parlé d'elle et j'ai tout de suite été séduit par cette femme aiguë, précise, intelligente, dont les qualités se devinaient sur son visage calme et beau. Elle plaçait la vérité au-dessus de tout et se servait du courage comme d'une carapace. Pendant toutes les années qui nous réunirent, avant que le cancer ne l'emportât, j'ai admiré sa volonté de guerrière et l'élégance de son attitude. Elle n'aimait pas le bonheur, avait avec lui des rapports difficiles.

Elle avait fait de mauvais choix. Sa pudeur l'empêchait d'en parler, mais pas de souffrir. Seuls,
parfois, ses yeux soudainement brouillés lais-
saient passer une part de mystère.

Alors que le monde du théâtre et de la culture
se montrait ingrat avec Jean-Louis Barrault et
Madeleine Renaud, elle choisit de les soutenir, de
les protéger, de les accompagner, l'un et l'autre,
jusqu'à la mort. Leur fin fut triste, mais sans elle,
elle l'aurait été davantage. Elle détestait l'injustice. Elle aimait le théâtre comme un péché, le
connaissait intimement, ne se trompait pas. La
fidélité lui tenait lieu de règle, le travail, de
conduite.

Revenons aux Lundis musicaux : son oreille
était exacte, son goût, sans faille. Avec certains
chanteurs elle avait noué des complicités, des
amitiés. Elle n'aimait pas les gens prudents, ceux
qui évitent le danger. Elle se mettait en danger.
Certains le savaient, l'aimaient pour cela. Un an
après sa mort, jour pour jour, j'ai demandé à José
Van Dam de chanter dans ce Théâtre de l'Athénée qui fut le nôtre un *Voyage d'hiver* in memo-
riam. L'aurait-elle aimé, celui-là, elle qui aimait
tant Schubert ? Je me le suis demandé. Sans

doute m'aurait-elle dit que je n'aurais pas dû, qu'elle ne méritait pas pareil hommage. Pourtant, depuis sa mort, je crois que je n'ai pas écouté un seul opéra, un seul récital sans penser à elle. Ceux qui doutent de l'immortalité de l'âme ne peuvent retrouver ceux qu'ils ont aimés que dans le souvenir et, parfois, dans l'art. À chacun son paradis.

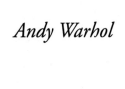

Andy Warhol

Andy Warhol

Andy Warhol était tchèque. C'est pourtant lui qui donne de l'Amérique l'image la plus vraie. Comme Kafka de la langue allemande. Est-il le plus grand peintre de son temps? Qui peut le dire? Il en est probablement le plus grand artiste. Depuis Marcel Duchamp personne n'avait, comme lui, remis en cause la notion même de création. Entre le ready-made et la contre-culture appuyée sur la reproduction photographique, il n'y avait qu'un pas qu'Andy s'est empressé de franchir. Il occupa une place majeure dans son époque, pourtant il n'aimait que les meubles Art déco ou le XIXᵉ améri-cain, qu'il me fit découvrir. Il n'avait pas, à pro-prement parler, d'atelier, mais un lieu que les Français auraient appelé «espace» et qu'il désignait sous le nom de *factory*. C'est-à-dire «fabrique».

Ce mot voulait tout dire. Ce n'est pas qu'il travaillât à la chaîne, mais il avait compris que la peinture *stricto sensu* touchait à sa fin, que la démarche, le geste, l'intention faisaient partie de la création, étaient aussi importants que le résultat. Il était célèbre, le savait, feignait de l'ignorer. Il avait dit de la célébrité qu'elle pouvait toucher n'importe qui, une minute, une heure, davantage. Il ne s'étonnait de rien, promenait sur le monde un regard de myope. Chauve, il portait perruque, en possédait trois de différentes longueurs, qu'il changeait successivement comme si ses cheveux avaient poussé. Loin d'être naïf, il s'exclamait pourtant toutes les dix phrases : « *Oh Je!* » Contraction de *Jesus*. Il venait à Paris, qu'il visitait avec des étonnements de provincial. Il aimait Venise en septembre, Marrakech à Pâques. À Paris, il acheta l'ancien appartement de Violet Trefusis, rue du Cherche-Midi, y accumula des meubles de Ruhlman, de Jean-Michel Frank, des tapis de Boiceau. Il était aidé dans ses choix par son amant, le décorateur Jed Johnson, qui devait disparaître dans l'accident de l'avion TWA qui reliait New York à Paris. Le Polaroid faisait partie de sa vie. Il en possédait une quan-

tité, en avait toujours un avec lui, photographiait tout et n'importe quoi. Ces photos, il
les offrait volontiers, les signait de ses initiales.
Souvent elles lui servaient à réaliser ses œuvres.
Elles pouvaient être osées, à la limite de la por-
nographie. Jamais le mot « objectif » n'avait autant mérité son nom. C'est après que la subjec-
tivité et le génie entraient en jeu, lorsqu'il
organisait son tableau de chasse pour en faire
une œuvre d'art.

Il fut, plus que tout, new-yorkais, passait ses
nuits dans les boîtes à la mode, au fameux *54*,
suivi d'un aréopage de stars et de beaux garçons.
On lui tira dessus à bout portant, il faillit mourir, survécut longtemps à une légende qu'il avait
fabriquée. Il avait un œil précis, c'est-à-dire
cruel, ne ratait rien, n'épargnait ni ses amis ni
ses admirateurs. Avec son complice et agent
Fred Hughes il y avait comme une association.
Le cynisme régnait. Avec Paul Morrissey, il participa à la réalisation de films mi-scandaleux,
mi-avant-gardistes. Il adorait les films pornogra-
phiques et m'emmena voir *Deep Throat* dès sa
sortie.

En Europe, il découvrait un monde qu'il ignorait, dont il avait rêvé. Pur produit américain, il croyait à une certaine idée de la culture. Savait-il que la nôtre touchait à sa fin ? Que tout ce qui le fascinait, haute couture, Art déco, bar du Ritz, café Florian, bientôt ne voudrait plus rien dire ? Rien n'est moins sûr.

Aujourd'hui son œuvre s'expose dans le monde entier. Elle est faite d'un peu de tout. De portraits inutiles, dignes de notre temps qui confond le sujet et la création. Ainsi peut-on voir une interminable théorie de femmes du monde et de *fashion designers* emboîter le pas à des Marilyn Monroe oxygénées. On y trouve aussi le meilleur. Des accidents de voitures, des vaches débonnaires, des guillotines qui prouvent qu'Andy pouvait déplaire et toucher juste.

Qu'en est-il maintenant ? Même s'il ne lui est pas comparable, car Warhol est un véritable artiste, il a rejoint aux yeux de beaucoup Salvador Dalí. Petit à petit, à force d'être à la mode, il est devenu un sujet pour tabloïds. Comme un torero, un danseur, un chanteur ou un couturier. En un mot une star. Drôle de destin que celui de ce fils d'immigrés qui commença par dessiner des chaussures et qui finit par peindre la

première dame des États-Unis. Il méritait
mieux que cette réputation. La postérité le dira
et le reconnaîtra comme un artiste majeur de
notre temps, si toutefois elle ne le confond
pas avec les faiseurs d'art contemporain. Ce
qu'il n'était en aucun cas.

Robert Mapplethorpe

Robert Mapplethorpe

Aux yeux du plus grand nombre il passe pour un pornographe alors qu'il est un moraliste. Pareille mésaventure était arrivée à Jean Genet. Écrire une langue du XVIIe au fin fond d'une prison pour dépeindre ses passions homosexuelles ne pouvait qu'intriguer, donc que choquer. Ils ne sont pas les seuls. Sade, Restif, Henry Miller, entre autres, furent l'objet de la même méprise.

Mapplethorpe, lorsque je le connus à Paris, était loin d'être célèbre et d'avoir entrepris l'œuvre exigeante qui allait faire de lui un artiste à part entière. Il fabriquait des bijoux en fil de fer pour gagner sa vie. Il la gagnait mal. Sa sexualité, on le devine, était débordante. Paris, à cette époque, était un lieu de fête et Robert savait y faire. Lorsque ses premières photos apparurent personne ne comprit qu'il s'agissait de la poursuite d'une obsession. À l'égale de celle de Leni Riefenstahl à qui il faut le comparer. Elles firent scandale. Pourtant, la quête du phallus poussée à ce point aurait dû en alerter plus d'un. J'ai parlé de Genet et j'ai parlé de morale. C'est bien de cela qu'il s'agit. La vulgarité est souvent bourgeoise et qui trouverait Mapplethorpe vulgaire ?

Ce n'est pas étonnant, diront certains, qu'il soit mort du sida. Non, ce n'est pas étonnant. C'est le tribut qu'il devait payer. L'imagine-t-on, retraité en Floride, photographiant des mangeurs de hot-dogs ? Il croyait qu'on soignait mieux à Paris qu'à New York. Il me l'avait écrit, mais il se trompait. Il devait mourir peu après et laisser une œuvre rigoureuse. Il a vécu comme il a travaillé : dangereusement. C'est-à-dire qu'il se mettait en danger. Dans son œuvre comme dans sa vie.

Qu'un de ses modèles-amants lui ait donné la mort, comme on donne l'absolution, quoi de plus normal ? Et de plus exemplaire ?

Jean-Louis Barrault

Madeleine Renaud

Madeleine Renaud et Jean-Louis Barrault

Quand ils se sont rencontrés, Madeleine était sociétaire de la Comédie-Française. Certainement la plus célèbre avec Marie Bell. Admirée, adulée, elle avait été mariée à Charles Granval, acteur également, dont elle avait eu un fils. Jean-Louis, de dix ans son cadet, venait d'ailleurs. Frotté à la création contemporaine, il était l'élève de Charles Dullin. Quand il n'avait pas de quoi se payer une chambre, il lui arrivait souvent de dormir sur la scène du Théâtre de l'Atelier, dans le lit de Volpone. Il avait déjà engagé le combat avec son destin. Ses maîtres étaient Copeau, Craig, Antoine. Il déboula dans la vie de Madeleine comme une tornade. Ils se rencontrèrent en 1936, lors du tournage de *Hélène*, un film de Benoît-Lévy.

Ce fut un coup de foudre. Il fut flatté. Elle fut éblouie. Leur histoire dura jusqu'à leur mort. Ensemble ils créèrent une compagnie de théâtre – le rêve de tout acteur – qui devint vite célèbre. Avec elle, ils sillonnèrent le monde, firent les beaux jours d'un Tout-Paris qui ne demandait qu'à les admirer. Jean-Louis était un homme de théâtre-né. Son flair était infaillible. Il pouvait se tromper, car il était un assez piètre acteur, mais sur l'essence même de son art, il ne dérivait pas. Ainsi joua-t-il Claudel avant qu'il ne devînt à la mode. Sa mise en scène du *Soulier de satin* reste légendaire.

Madeleine et Jean-Louis formèrent un duo exemplaire. La bourgeoise et l'anarchiste, ainsi pourrait-on les définir. Elle se laissait porter par lui, l'admirait et lui faisait une confiance aveugle. C'est ainsi qu'elle joua Beckett et Duras sans en comprendre un seul mot : son instinct la guidait et la rendait géniale. Jean-Louis la façonnait, elle se laissait guider. Ensemble ils prirent bien des risques et savaient côtoyer le danger.

Un jour, à Avignon, Antoine Vitez m'avoua que s'il devait, aujourd'hui, désigner un seul homme de théâtre, ce serait Barrault. Il ajouta

que, malgré les erreurs et les défauts qu'il n'ignorait pas, Barrault était le seul à occuper cette
place de saltimbanque qui était la marque même
du théâtre. Saltimbanque, il l'était dans l'âme :
qui peut oublier le désespoir de Baptiste dans *Les
enfants du Paradis* et les larmes qu'il versait pour
Arletty ? Il faut l'avoir vu, le sac au dos – un sac
qui venait de Léo Lagrange et des Auberges de
jeunesse –, prendre l'avion et descendre dans un
hôtel, même le plus chic, pour être sûr qu'il arrivait en droite ligne de la commedia dell'arte.
Comme Jouvet, il imposa Genet, et les représen-
tations des *Paravents* demeurent inoubliables.
Elles furent scandaleuses, comme le furent toutes
les créations qui bousculèrent l'ordre établi. Du
Sacre du printemps au *Ring* de Boulez et Chéreau.
Ce fut d'ailleurs lui qui, le premier, accueillit en
résidence Pierre Boulez et le *Domaine musical.*
On tombe toujours du côté où l'on penche : Barrault penchait du bon côté. Du côté de Beckett,
dont il eut l'intelligence de confier la mise en
scène de *Oh les beaux jours* à Roger Blin : pour la
première fois, Madeleine abandonna les frivolités
de Marivaux pour les angoisses d'une vieille
femme. Sublime, elle le fut, et toutes celles qui

s'essayèrent à reprendre ce rôle n'en sortirent pas grandies.

Pourtant, le destin veillait! Les anarchistes, surtout lorsqu'ils sont acceptés et admirés, doivent prendre garde : on leur fera payer ces moments d'égarement. De fait, qu'avaient-ils en commun, Madeleine et Jean-Louis, qui étaient sans le sou, qui risquaient leur peau chaque soir, avec ces bourgeois qui s'achetaient une bonne conscience, un passeport culturel, et feignaient d'aimer un art auquel ils ne comprenaient rien? Peu de chose.

Le hasard voulut que je sois là : après la première représentation des ballets Paul Taylor, le Théâtre de l'Odéon fut envahi par une foule étrange d'étudiants, d'acteurs, de gens de toute sorte. Nous étions en mai 1968. Le pouvoir était à tout le monde. En l'occurrence, il fut aux médiocres. Assis au balcon, je regardais Barrault défendre sa vie, sa carrière, son nom, son renom, son théâtre. J'avais honte pour eux, et aussi pour lui. Madeleine intervint, mais elle n'avait pas le ton. Comment Célimène aurait-elle pu invectiver Néron? Après quelques heures, il fut évident que tout était perdu, que Madeleine et Jean-Louis seraient obligés d'abandonner leur théâtre, que la bêtise gagnerait.

Je me décidai à les retrouver, à les engager à partir. Je les raccompagnai à leur voiture garée le long du Luxembourg et je sus à cet instant qu'ils ne reviendraient jamais. Jean-Louis fut abandonné par son ministre, André Malraux, qui refusa de le recevoir et de lui donner la moindre explication. Sans doute lui reprochait-on d'avoir cherché à négocier – sous de Gaulle on ne négociait pas avec la populace –, de ne pas être parti en claquant la porte après avoir donné l'ordre de couper l'eau et l'électricité. Que sais-je ? Les liens furent rompus et la compagnie qui avait joué *Tête d'or* devant le général de Gaulle dut s'exiler à nouveau. Jean-Louis reprit son sac à dos, Madeleine ne le lâcha pas d'une semelle et ils échouèrent dans une salle de catch à Pigalle : l'Élysée Montmartre. Puis ce fut le Théâtre Récamier et enfin Orsay, où ils restèrent plusieurs années. Leur carrière et leur vie devaient se terminer aux Champs-Élysées avec le Théâtre du Rond-Point.

Ils vieillirent mal, ressemblaient parfois à des sans-abri, se mouvaient difficilement. Heureusement, à leurs côtés veillaient Danielle Cattand et leur vieux serviteur algérien. Rien ne les intéressait plus. Ni les souvenirs ni les visites. Jean-Louis mourut le premier. Madeleine ne s'en rendit pas très bien compte. Nous étions quelques-uns auprès d'elle. Elle caressait la main de Bulle Ogier avec tendresse. Elle me dit : «Aujourd'hui j'ai eu un grand chagrin.» Puis bientôt elle s'éteignit à son tour. Nombreux furent ceux qui se pressèrent à son enterrement : des amis, des acteurs, des admirateurs anonymes, conscients qu'un chapitre important de l'histoire du théâtre venait de se clore et, lorsque le corbillard s'ébranla, je ne pus m'empêcher de penser que Célimène allait rejoindre Baptiste.

POST-SCRIPTUM

Avec ce siècle qui commence, beaucoup de choses vont disparaître, ont déjà disparu. Sans doute d'autres existent, existeront, mais ce ne sera plus pareil. Je veux me garder de toute nostalgie, de tout regret. Je sais bien qu'hier n'était pas mieux qu'aujourd'hui, que ce serait une erreur de le croire, mais si j'ai de la peine à me séparer de cette époque, c'est tout simplement parce que c'est la mienne.

SPICILÈGE

Crédits photographiques

DU MÊME AUTEUR

Composition Nord Compo
Impression Novoprint
à Barcelone, le 24 octobre 2017
Dépôt légal : octobre 2017
1er dépôt légal dans la collection: septembre 2004

ISBN 978-2-07-031650-2./Imprimé en Espagne.